L'Entrée du Christ à Bruxelles

DU MÊME AUTEUR
AUX ÉDITIONS DENOËL

La Merditude des choses, 2011

Dimitri Verhulst

L'Entrée du Christ à Bruxelles

(en l'année 2000 et quelques)

roman

*Traduit du néerlandais
par Danielle Losman*

DENOËL
& D'AILLEURS

Titre original :

De intrede van Christus in Brussel

Éditeur original :
Contact, Amsterdam

© Dimitri Verhulst, 2011

Et pour la traduction française :
© Éditions Denoël, 2013

Pour Chris, Gerard & Lieven

La la la la lalala la la la la
Lalala lalalala la la

Station 1

On prétend que ce n'est pas faire preuve de beaucoup de métier que de commencer une histoire par une description du temps qu'il fait, et je peux comprendre quelque part d'où cette opinion tire son origine. Pourtant, je ne vois en ce moment aucune autre possibilité — et croyez-moi, j'ai soupesé toutes les alternatives ; je commencerai donc ce récit en annonçant qu'il ne pleuvait absolument pas ce matin du jour où il fut rendu public que le Christ allait incessamment venir à Bruxelles. Il faisait plutôt ce petit temps incertain sur lequel la Belgique détient un brevet et qui lui permet d'occuper une place parmi les plus grands consommateurs d'antidépresseurs. Celui qui s'est un jour retrouvé dans un avion survolant notre capitale connaît bien ces cumulus floconneux pareils à de la barbe à papa, qui se rassemblent en grappe dès que l'on pénètre notre espace aérien et s'assombrissent dès que la descente est entamée. Épais et sombre, cet amas flotte au-dessus de la piste d'atterrissage, et toute l'énergie emmagasinée par les vacanciers qui reviennent au pays sera en grande partie annihilée à la vue de ce manteau de nuages. L'appareil se fraye en trépidant un passage à travers les brumes épaisses, une voix essoufflée annonce à la française que les ceintures doivent être attachées, une autre plus résolue répète la même chose avec un accent de Louvain difficile à déguiser. De la pluie constante pendant de nombreuses semaines est la seule perspective, et l'on est chaque fois surpris de constater combien bas l'on a dû descendre avant de pouvoir enfin voir le sol, et étudier en détail les pelouses où des grands bols bleus, des prétendues piscines, jamais utilisées, paradent aux côtés de trampolines, les rubans de maisons en bordure de route, les villas carrées de la classe moyenne entourées de haies soigneusement taillées, ces quartiers où des systèmes d'alarme veillent sur les vies de toute la famille. Mais : il ne pleut pas. Il ne fait ni chaud ni froid, ni gris ni bleu, mais en tout état de cause, ce n'est pas un des deux cents jours de pluie annuels dont les amateurs de statistiques nous rebattent les oreilles. Le vent vient d'où il vient d'habitude, du sud-ouest, pas très fort du tout mais suffisant pour qu'un cycliste paresseux s'inflige la morosité des transports publics.

Il faisait donc ce genre de petit temps, ce fameux matin, et il n'y avait guère eu grand mérite à le prédire. Il ne pleuvait pas du tout, je le répète à l'envi, pas la moindre goutte tombée par distraction. Et comme les habitants de ce royaume apprécient l'anonymat qu'offre d'excellente façon le parapluie, il leur fallait à présent inventer un parapluie : un cocon, une clôture psychologique, un mur qui les séparerait l'un de l'autre, afin de ne pas avoir à entrer en contact avec autrui. La mode était aux trainings à capuchon de moine et les jeunes en faisaient avec reconnaissance usage pour y fourrer leur moi problématique, ou alors ils enfonçaient au fond de leurs oreilles les écouteurs de leur mp3, s'isolant ainsi des horribles bruits du monde. Sur toutes les lignes tram-métro-bus, tant souterraines qu'aériennes, entre Gare-du-Nord et Foyer Schaerbeekois, entre Montgoméry et Gare-de-l'Ouest, partout, les navetteurs envoyaient n'importe où des textos ; une forme de communication derrière laquelle on se cache pour éviter les conversations. Les têtes s'enfonçaient dans les journaux, les nez pointaient vers l'extérieur en laissant un halo sur la vitre. S'il n'y avait pas eu de temps en temps un landau d'où sortait un cri incontrôlé, ou un signal sonore pour rappeler aux voyageurs l'approche d'une halte, on aurait contemplé ce tableau muet avec une profonde et mortelle apathie.

Les partisans de la thèse comme quoi le hasard n'existe pas voyaient en cela la preuve que l'habitant le plus célèbre peut-être de cette ville, Pierre Breughel l'Ancien, surnommé Pierre le Drôle, s'était à juste titre taillé une place dans l'histoire des arts en peignant la tour la plus célèbre de la Bible. Car Bruxelles s'est à plusieurs reprises laissé comparer à la ziggurat de Babel, gênée comme toujours par le bouillon de langues dans lequel elle mijote. Derrière les façades on prie, on rêve, on casse la vaisselle et l'on fait l'amour dans tous les dialectes imaginables des quatre coins du monde. Mais en train, en tram ou en bus, il s'agit d'idiomes dans lesquels on se tait. Et ce que peu de gens osent admettre : on est très heureux d'habiter un lieu où l'humanité est représentée dans toute sa diversité. Ça fournit à l'asocial-né l'excuse bon marché idéale pour se réfugier derrière la façade de sa langue maternelle.

Au centre-ville, inutile de quémander un sourire ou un bonjour, à moins bien sûr d'avoir affaire à une vendeuse qui veuille bien s'abaisser à manifester un peu de gentillesse pour se débarrasser de son stock d'été déjà démodé. La hâte et l'urgence, rarement bénéfiques, contrecarrent toute velléité de courtoisie : utiliser les mots « s'il vous plaît » fait perdre un temps précieux. Celui qui espère rentrer chez lui le visage intact a intérêt à ne jamais s'attendre à ce que quelqu'un lui tienne la porte.

Une fois rentrés dans leur foyer rougeoyant, ces individus se glissent derrière leur écran d'ordinateur, se servant de pseudonymes pour déverser leur venin sur toutes sortes de blogs. Ils crachent au visage de communautés entières, jonglent avec le langage ordurier, adressent leur grossièreté accompagnée au besoin de menaces à des gens dont l'opinion est le résultat du fait d'avoir réfléchi. Mais dans la réalité concrète, ce sont des petites têtes dépour-

14

vues de bulles, d'excellents interprètes de leur rôle de figurant dans la foule et son spectacle urbain.

Donc, il ne pleuvait pas, sauf si l'on en juge par la mine des gens. Éternellement délavée, fangeuse et disgracieuse.

La nouvelle de la venue du Christ — et, bien que rebelle à tout credo, je ne peux que la qualifier de joyeuse — fut reçue par la plupart d'entre nous, les Belges, les plus braves de tous les Gaulois, dans les cathédrales vitrées des quartiers des bureaux et des fonctionnaires, au moment où, commençant à en avoir marre de la énième patience, on *surfait* vers un site d'actualités, les sourcils froncés, mordillant le bout d'un crayon pour feindre la concentration et tromper le chef de section. Elle était là, glissée entre un reportage sur une tentative de battre le record du monde de mangeurs de hot-dogs et les frasques d'une chanteuse suivie de près. Le Christ allait venir à Bruxelles, ce 21 juillet, la source était fiable bien qu'inconnue, mais qu'Il allait venir était un fait établi, de plus amples informations allaient suivre plus tard.

La sérénité avec laquelle cet article fut à la fois diffusé et lu était aussi miraculeuse que son contenu. Bon, la société avait beau être sécularisée à qui mieux mieux, la foi en Dieu, de manière générale, primait encore et toujours sur la foi dans le journalisme. Ces chevaliers de la plume remplissaient leurs blocs-notes avec de moins en moins de scrupules, les éditoriaux étaient consacrés à des célébrités qui avaient plus de renom que d'opinion, et à en juger au nombre de mots, l'intérêt pour un jeu télévisé dépassait celui pour, disons, la misère au Soudan. On faisait étalage du terme «sexy» que l'on utilisait tant pour des politiciens que pour des obligations. On plaçait en une par devoir moral un article sur le déclin de l'écologie, pour faire sans vergogne l'apologie, dans le supplément du week-end, des voyages bouffeurs de kérosène vers des paradis lointains en vogue. Lorsqu'on en avait fini avec le monde, le canard chargeait un bureau d'investigation de faire une statistique qui allait apprendre au lecteur que le Wallon passait plus de temps dans sa cuisine que le Flamand, ce qui insinuait qu'il s'agissait bien de deux tribus complètement différentes, possédant chacune son propre ADN et sa propre conception du monde. Et pire encore pour la réputation des sonneurs de cloches en papier : l'arbitraire avec lequel ils avalaient et propageaient n'importe quoi. Suffisait qu'un jeune cinéaste assoiffé d'attention envoie un communiqué de presse comme quoi sa dernière pellicule avait gagné l'Applaudimètre d'Or au fameux festival de Sarajevo, ni plus ni moins, et le lendemain l'article était repris par quatorze quotidiens s'autoproclamant indépendants et critiques. Donc, en effet, comment la nouvelle de la venue du Christ aurait-elle pu nous exciter?

Je ne peux me rappeler une seule personne qui cet après-midi-là aurait bondi de sa chaise de bureau. Personne n'éclata de rire en apprenant ce qui pouvait tout de même passer pour une blague de grand cru, aucune âme chrétienne ne fit le signe de croix, aucun cri de joie n'interrompit la complainte des imprimantes et des photocopieurs. Et même les fumeurs qui, fédérés par le ministère de la Santé sous le label d'ennemis publics, passaient leur temps de pause dans la rue, comme des épouvantails donnés en spectacle au bon peuple, n'ont pas fait bifurquer leur conversation vers ce sujet pourtant extraordinaire. Bien sûr, nous devions laisser le chef de section dans l'illusion que nous étions uniquement occupés par le traitement de factures, pas question de mettre notre salaire en péril. Et, en outre, peut-être doutions-nous un peu de ce que nous avions vu, nous redoutions un lapsus échappé, nous attendions qu'un plus courageux que nous prenne le risque de se rendre à jamais ridicule en disant : « Hé, vous avez aussi lu ça : Jésus-Christ… ? »

Chacun pour soi avait lu la nouvelle et la portait en silence.

Il pleuvait par contre lorsque nous avons pointé ce soir-là. Plus qu'il n'en faut, même. Mais personne n'a bronché. Les parapluies restèrent fermés, il n'y avait pas que les galopins à gambader de flaque en flaque. Les chauffeurs se rendirent compte, après être arrivés sans dommage de carrosserie au bout de la rue de la Loi, qu'ils avaient oublié de klaxonner comme des malades. Dans le tram, une femme s'écria soudain : « *Nous sommes des passeurs, nous avons besoin des mots des autres* », parce qu'elle venait de lire ça dans son journal et l'avait trouvé si beau qu'elle avait éprouvé le besoin de dire à haute voix toute la phrase. Un petit quelque chose en elle voulut s'excuser pour ce geste impulsif, par habitude, mais il était trop tard, elle avait secoué par ses mots la léthargie des navetteurs, et elle en avait joui.

Moi-même, j'ai acheté aux jardins du Luxembourg des fleurs pour ma femme, des fleurs blanches, une chose que je n'avais plus faite depuis des lunes, une passade, disons, et c'est surtout moi qui en ai déduit que je voulais encore faire quelque chose de ce mariage quasi assoupi.

Station 2

La Belgique est une destination favorite de la Sainte Famille, toujours été, suffit d'éplucher les archives de la curie romaine pour ne plus pouvoir se soustraire à cette conclusion. Absolument mémorable fut la sombre année 1933, lorsque la Sainte Vierge Marie est apparue si souvent sur le sol belge qu'un silence singulier a dû régner aux Cieux. Une petite quarantaine de jours avant le début de cette année civile, le 19 novembre 1932, elle se promenait au-dessus du viaduc de chemin de fer de Beauraing, rayonnante, comme si elle avait bu un petit verre d'Élixir d'Anvers de trop, souriant de façon plutôt effrayante à cinq enfants de condition modeste. Jusqu'au 3 janvier 1933 compris, elle allait au total se présenter encore plus de trente fois à ces enfants, debout sous les branches d'une haie d'aubépines. « Je suis la Reine des Cieux », pérorait le corps dans son faisceau lumineux. « Reine des Cieux et Mère de Dieu. Priez, priez ! Priez beaucoup, priez toujours ! » La nouvelle s'est répandue comme la syphilis, et peu après des bus se rendaient au lieu mystique au départ de Bruxelles, Charleroi, Givet, Dinant, Namur et Saint-Hubert. Dans toutes les Ardennes, les belles Ardennes si chères aux romanciers gothiques, des trains supplémentaires furent affrétés afin que tout un chacun puisse être témoin du miracle. Plusieurs psychiatres mirent en observation les enfants à qui la Mère de Dieu s'était montrée et arrivèrent de façon indépendante à la conclusion qu'aucun des cinq n'était cinglé. Des gosses tout à fait normaux, touchés par l'extase. Le peuple, surgi en masse de tous les coins du pays armé de paniers de pique-nique et de chapelets, réchauffant sa misère à ce renouveau de délire religieux, chantait pour la Madone : « Étends Ta main bénie sur la Belgique. »

Douze jours plus tard et quatre-vingt-cinq kilomètres plus loin, à Banneux, un village qui jusqu'alors n'était connu que pour ses tartes colossales, apparaissait de nouveau la Sainte Vierge, de nouveau à une enfant, une certaine Mariette Beco, une demi-homonyme ; elle conduisit la fillette vers la source d'un petit ruisseau avec ces mots mystérieux : « Cette source est réservée à toutes les nations, pour soulager les malades. »

Et Marie a effectivement étendu Sa main bénie au-dessus de la Belgique : cette même année, la plus célèbre de toutes les mères est encore apparue à Herzele, Onkerzele, Etikhove, Olsene, Tubize, Wielsbeke, Wilrijk, Verviers, Berchem et Foy-Notre-Dame, en rien gênée par la frontière linguistique et à la grande joie des entrepreneurs car chaque apparition était aussitôt honorée par la construction d'une chapelle. Pour beaucoup, c'était bien la preuve que Marie ne s'occupait pas de géopolitique, car si Ses apparitions auraient pu être, quelque part, de quelque utilité pour l'humanité en 1933, c'était en Allemagne, où à ce moment-là un nouveau Messie s'était levé, un petit Messie avec moins de barbe, mais une moustache plus soignée que le précédent.

La Sainte Vierge Marie : ici, Elle connaissait son affaire, Elle était venue si souvent déjà, *Notre Dame de ce pays, sur Son trône...*

Mais d'autres millésimes occupent une position privilégiée dans le journal de voyage de la Maman de Dieu. En 1415 la dévote population paysanne de Scherpenheuvel avait placé une petite statue de Marie au creux d'un chêne. En attendant une médecine un peu correcte et l'invention des antibiotiques, les gens qui souffraient de fièvres y venaient prier pour la guérison, et ça marchait semble-t-il. Un jour, un berger voulut voler la statuette, et il se retrouva aussitôt paralysé et cloué au sol, comme gelé. Il ne put se libérer de sa position ridicule que lorsque la sainte statuette fut replacée au creux de l'arbre. Plus tard, en 1603, des gouttes de sang coulèrent des lèvres de cette même statuette, un fait lugubre parvenu jusqu'à nous par trois témoins oculaires, rien de moins. Quelqu'un qui ne mettra pas en doute la moindre virgule de cette histoire, c'est Maria Linden, encore une homonyme. C'est que cette habitante de Maasmechelen a vu en septembre 1982 les effigies en plâtre de Marie sur sa cheminée pleurer des larmes de sang — l'équipe de la télévision nationale arriva juste trop tard pour filmer cette première mondiale.

Mais jamais auparavant dans l'histoire de notre patrie n'avions-nous vu la Mère de Dieu intervenir aussi résolument qu'à Malmédy en 1919, où un homme s'était introduit dans la maison d'une femme, animé, comme on pouvait le déduire de son pantalon déjà défait, d'intentions malhonnêtes. La femme le menaça d'appeler à l'aide la Sainte Vierge si l'intrus importun ne couvrait pas sur-le-champ ses nobles parties et ne quittait pas la maison. Il ne fait aucun doute que le violeur a bien dû s'amuser lorsqu'il a entendu son impuissante victime le menacer d'une, haha, vierge. Jusqu'au moment où l'intrépide Alma Redemptoris Mater est apparue subito presto au pied du lit, illuminant la chambre entière de l'éclat de son auréole, et a chassé dans la nuit le pauvre pécheur. D'après certains, il souffre depuis de problèmes d'érection. On le serait à moins.

Mais tous ces exemples, baignés de folklore, concernent des visitations de Marie. À présent, il s'agissait de la venue du Christ en personne!!! Et pas seulement à l'impromptu dans un trou perdu, non. Annoncé! Et du premier coup dans la capitale! Qui est aussi la capitale de l'Europe!

Autant la nouvelle, disons, la Bonne Nouvelle, tel un murmure, s'était-elle placidement fait connaître durant l'après-midi, autant remplissait-elle le soir toutes les conversations dans un beau tohu-bohu. Bien entendu, les chaînes de télévision consacrèrent ce soir-là toute leur attention à l'importante visite. Dans toutes sortes de talk-shows — qui devaient à tout prix être distrayants, l'actualité devait divertir — des personnalités de tous bords, assises gentiment en rang d'oignons, devisaient sur la signification probable de l'itinéraire de Jésus. Des rabbins et des athées notoires, des agnostiques, des héno-théistes, d'éternels sceptiques, le président de l'exécutif musulman (qui logiquement parla de la venue d'Is;
des anglicans, des porte-parole des conseils religieux c femmes..., oui on trouva même une sœur brigitti prête à quitter sa clôture pour crier sa joie dans le mor dépravé d'une voix qui, à cause de sa longue vie cl trée, avait perdu de son suc, et gesticulant de ses do tordus par l'incessant travail de la dentelle aux fusea Leurs discussions alternaient avec des versions pop er livées de chants d'église. «Oh front plein de sang e blessures», mais passé à la moulinette des Beat-Mach Et ensuite : les petites libertines du groupe pop Bri; ont éructé *live* une chanson de leur premier album *Sex Symbol*. En petites culottes, noires. Deux séque pub plus loin, dans les studios, on parlait déjà de comme d'une vieille connaissance, le gamin des vc

qui a fait son chemin, qui est devenu une star du rock. Et les yeux de l'intervieweur brillaient déjà à l'idée de recevoir peut-être très bientôt dans son talk-show l'Agneau de Dieu en personne. Faudra tenir à l'œil l'audimat ce jour-là !

« Et, Jésus… je peux dire Jésus tout simplement, oui, merci… raconte-nous un peu, car cette question nous brûle ' ngue depuis une grosse vingtaine de siècles… ces apôtres : ait pas quelques homos parmi eux, hé ? »

 programmes étaient tellement désinvoltes et sistants, divertissants avant tout, que nous avions de remarquer que personne, ni le nihiliste ni rist, ne mettait en doute la véracité du communicé de presse. Les libres penseurs exprimaient leur enthousiasme, à l'affût, comme il se doit, de la richesse philosophique que pouvait apporter une rencontre avec cet exemple éclairant pour beaucoup. Les marxistes, qui traditionnellement décrivaient le Nazaréen comme une grande seringue à morphine pour abêtir le peuple, louangeaient les traits de caractère anarchistes de l'homme qui comme Che Guevara avait préféré mourir pour Ses ideaux que vivre dans le mensonge, et espéraient pouvoir bientôt Le saluer comme précurseur de la pensée de gauche.

Pour le moment, aucun cri de panique à déplorer. Les Témoins de Jéhovah encaissaient : les dernières heures de la Fin du Monde avaient commencé. Pour autant que quelqu'un leur eût encore prêté l'oreille, car d'après leurs calculs la terre tombait en poussière à peu près tous les cinq ans. Les défaitistes et les je-m'en-foutistes s'abandonnaient à une excitation infantile, les sceptiques contenaient leurs sourires narquois, c'était émouvant à voir.

D'autant plus remarquables étaient les mines déconfites arborées au cours du débat par les autorités de l'Église catholique. S'il y avait bien une chose à laquelle on pouvait s'attendre de la part des huiles de l'ancestrale institution, c'est qu'éperdues de bonheur, elles auraient applaudi à la venue de leur Berger. L'Église avait bien besoin d'un réveil religieux: c'était devant une poignée de besogneux périmés qu'elle célébrait l'eucharistie le dimanche, le manque de fréquentation des maisons de Dieu incitait le ministère des Monuments et des Sites à réaffecter une église ici, une basilique là-bas, en discothèque ou boutique de mode. Et ce n'était même pas ça le pire. Au-dessus de nos évêchés flottaient des vapeurs qui provenaient de puits puants dont le couvercle s'était soulevé.

Bon, qu'un prêtre se fût attaqué à un enfant, c'était un choc que le peuple pouvait encore surmonter. Les mains baladeuses des curés apparaissaient dans juste un peu trop de blagues populaires pour être au-dessus de tout soupçon, car ce même peuple, friand de proverbes, pratiquait depuis des siècles déjà la sagesse qui dit qu'il n'y a pas de fumée sans feu. Tout le monde connaissait le regard pétillant avec lequel l'aumônier d'un mouvement de jeunesse examinait ses petits louveteaux devant leurs cuvettes. Chaque année en juin, les internats lâchaient à nouveau dans la nature une bande de jeunes gens qui avaient senti la main moite d'un prêtre dans leur cou, qui savaient combien une voix peut vibrer pendant l'*Hosanna* chanté devant une assemblée de têtes blondes. Les élèves des collèges, le jour de leur proclamation — et rien n'est plus beau bien sûr qu'un jeune qui s'engage fièrement dans l'âge adulte avec une cravate de travers parce que pour la première fois il l'a nouée lui-même —, se remémoraient les doigts du jésuite dans leur bouche au moment où celui-ci déposait théâtralement une hostie sur leur langue. Et que ce doigt laissait chaque fois un goût de tabac. C'est sans aucun doute à cela aussi que penseront les rhétoriciens avant de se jeter ensemble dans la boisson pour oublier le passé ; une clique d'ados intimement liés, avant de se disperser, avocats, médecins, professions dont on est moins fier, et ratés. Des élèves qui un jour se sont proposés pour servir la messe allaient sous peu franchir, et pour la dernière fois, le grand porche de leur école catholique, sachant que l'image de la tache de sperme sur la chasuble n'allait pas les quitter, pas plus que leur chagrin d'enfant. Les chambrettes avaient mis leur sceau sur leur âme ; le surveillant avait fouillé leur entrejambe, mais à présent ils prenaient possession de leur diplôme et se sentaient prêts pour le Grand Oubli.

Jusqu'à un certain point, les masses pouvaient encore pardonner à ces religieux leur concupiscence à peine voilée, car le célibat ne peut manquer de pervertir petit à petit. Oui, ces ecclésiastiques pouvaient même compter sur de la pitié.

Mais une bombe avait récemment fracassé l'image de l'Église catholique. Derechef. Une victime d'un évêque lascif avait eu l'intelligence d'enregistrer sur un magnétophone ses entretiens avec les instances religieuses. On pouvait clairement entendre combien l'Église avait tenté de faire taire le garçon. Lui, la victime, était celui qui avait un problème, car c'est lui — la victime, mais oui — qui ne parvenait pas à résoudre ses problèmes d'une façon pastorale. Il s'agissait de faits qu'il ne fallait surtout pas dévoiler, les tribunaux n'avaient pas à s'occuper de ce genre de chose, incompétents qu'ils étaient dans des affaires dont Dieu était à même de juger beaucoup plus intelligemment. Ce n'était pas le violeur mais le violé qui manquait à son devoir de chrétien, car il restait figé dans l'impossibilité de *pardonner* à son bourreau. Il aurait dû avoir honte.

L'Église endossa son rôle de souffre-douleur, reprochant à la victime demandant réparation de vouloir tirer profit de la situation. Partout dans le pays, des messes furent célébrées pour soutenir à coup de prières l'évêque pédophile en ces temps indubitablement difficiles pour lui. Et pour lui éviter la vindicte populaire, il fut caché dans un monastère de trappistes, où la bière était manifestement meilleure que ce que les auteurs séculiers de délits de mœurs recevaient à boire dans leurs cellules surpeuplées. Aucune excuse ne fut présentée. Le clergé était pur de tout péché, à jamais, et intouchable.

Bien sûr, nous nous étions laissé embobiner. C'était cette même institution qui avait utilisé l'excuse bon marché de la quête du Saint-Graal pour s'adonner au racisme le plus pur. Celle-là même qui assouvissait par le biais de l'Inquisition maints appétits sadiques, qui violait sans vergogne des jeunes filles parce que c'était interdit de mettre sur le bûcher des vierges, qui dans les villages déchirait les corsets et tripotait les poitrines sans aucune gêne pour voir si le diable n'y avait pas laissé la marque d'un suçon. Cette même institution qui fut avant les autres au courant de la Shoah, de la déportation et du gazage de cortèges ininterrompus de Juifs principalement. Et qui s'est tue, par commodité. Cette même institution — car c'était encore et toujours la même après toutes ces années, il faut bien le constater — qui s'est tue comme les pierres à propos des scandales de pédophilie en son sein. Le massacre psychique d'enfants est et restera subordonné au blason de la Sainte Église, amen.

Et voici que le Christ s'amenait à Bruxelles !
La dernière fois que la Mère de Dieu était apparue à Bruxelles, c'était en 1972, pour se plaindre à une pau-

vresse choisie au hasard de tous les dysfonctionnements derrière la façade de l'Église catholique.

Le clergé était suffisamment informé. Pratiquement tous les frocs dans toutes les communautés religieuses étaient compissés d'angoisse. Cette fois-ci, ce n'était pas la Maman qui venait vers eux, mais la plus haute instance de l'univers. Pour leur demander des comptes, on ne pouvait imaginer d'autre raison ! Et les évêques pâlissaient comme les nombreux visages d'enfants sur lesquels ils avaient si souvent exhalé leur haleine de fumeur de cigare.

L'actualité devait divertir. Et elle y avait une fois de plus bien réussi.

Je me suis surpris à ébaucher tout à coup un signe de croix, dans mon lit. Je veux dire, le réflexe était là. Une vieille, très vieille habitude de mon enfance, lorsque mes grands-parents dessinaient encore du pouce une petite croix sur mon front avant d'aller dormir, une chose qui à l'époque m'avait toujours procuré un sentiment de sécurité. Je ne priais plus depuis longtemps. J'avais tout simplement oublié ma foi. L'horreur de la mort s'était accrue, et en échange j'avais acquis la fierté de penser de façon indépendante. Mais à présent je sentais soudain ma main droite se diriger vers mon front, un automatisme que je ne pensais pas posséder encore. Suffirait que je perde un moment le contrôle pour que je me mette à marmonner *Mon Père, voici venu le soir,* Le suppliant de me donner sa bénédiction, la paix et le repos. J'aurais constaté que je connaissais encore par cœur le texte de toutes ces prières et combien leur mantra pouvait me calmer. Mais je suis parvenu juste à temps à retirer ma main et j'ai en lieu et place empoigné ma femme. Ce qui est tout de même aussi une forme de prière.

Station 3

Comme j'allais le lendemain acheter mon journal, en flânant place des Palais pour être précis, je fus frappé par l'allure d'une petite vieille qui avait déjà dressé son campement au bord du trottoir. En ce moment, on était juste à un peu plus de trois semaines de la venue du Très-Haut, mais cette dame n'avait pas laissé traîner les choses et avait déjà pris racine dans un petit fauteuil de plage pliable, équipée d'un frigobox, d'un caddie rempli de boîtes de conserve, et d'un portrait du Seigneur de taille assez imposante dont je me demandais s'il allait survivre à une grosse averse. Sur une pancarte de carton elle avait écrit: «*Seigneur, je ne suis pas digne que Tu viennes vers moi, mais Tu es tout de même venu. Merci*», avec quelques pathétiques fautes d'orthographe que je ne souhaite pas, par piété, reproduire ici. Elle était assise là, résolue à ne pas s'éloigner d'un mètre de son fauteuil. Dans ce décor fait d'éternels et enthousiastes voyageurs japonais qui trouvaient commode ce quartier de la ville, d'édentés

31

traînant leur sac rempli de croûtes de pain gardées pour les canards du parc voisin, de jeunes amoureux contents d'avoir ne fût-ce qu'un simple banc et eux-mêmes, de joggeurs, dont la plupart quittaient plusieurs fois par jour leur maison sans jardin pour les besoins de leur chien, de bus touristiques bondés de city-trippers, braquant pleins d'espoir leur caméra sur le balcon royal, de gaz d'échappement... le tableau me semblait plus surréaliste que les toiles de René Magritte qui ravissaient les rêveurs dans le musée à deux pas d'ici.

Cette dame avait donc directement conclu que le Christ, lors de Sa visite, allait faire un saut au Palais royal. Et pourquoi pas ? Des rois entre eux, somme toute. Mais sa présence nous obligeait, nous et du même coup l'administration de la ville, à réfléchir à un parcours à suivre. Moi, j'aurais envoyé le Fils de Dieu sur le chemin des mécontents, c'est-à-dire l'axe nord-sud, le boulevard Émile-Jacqmain, le boulevard Anspach, le boulevard Lemonnier : des rues qui ont si souvent retenti du son des mégaphones, des klaxons, des sonnettes et des jurons. Où les pêcheurs d'Islande sont venus hurler leur colère à propos des quotas de pêche imposés, où les bergers des Pyrénées ont imploré d'avoir un juste prix pour leur laine, où les agriculteurs ont déversé leur purin, vidé leurs seaux de lait, et où les métallos de tous les hauts-fourneaux sont venus réclamer en criant une Europe plus sociale ; où l'on a espéré chasser du monde le racisme en marchant, où l'on a cru à l'efficacité de slogans scandés à l'unisson pour flanquer tous les missiles nucléaires à la casse, où les syndicats de tous les coins du vieux continent sont venus cracher leur dégoût devant le pouvoir de l'argent, ont mis le feu à des mannequins et lancé des œufs pourris…, voilà l'itinéraire, me disais-je, que le Christ doit parcourir dans cette ville. Celui des masses mécontentes, des éternels laissés pour compte, des opprimés, des naïfs. Mais le Palais royal était aussi une option, après tout. Ça dépend du regard qu'on porte sur la chose.

La vision prévoyante de la petite vieille fut évidemment remarquée. Elle reçut l'attention du journal de la mi-journée de la télévision régionale, et ce fut le branle-bas de combat. Le soir même, la place des Palais commençait à ressembler à un camp de tentes, le quartier entier fut envahi de familles bien équipées qui n'avaient pas la moindre intention de rater ce moment historique, malgré le refus des instances officielles de confirmer l'inscription de ce quartier dans le parcours.

Cette petite personne, cette groupie du Seigneur, me faisait involontairement penser à ma mère. Je dis involontairement, parce que l'un dans l'autre je pense peu à ma mère, moins en tout cas que ce que l'on attendrait de moi. Il m'apparut soudain que ma mère aussi aurait peut-être bien voulu assister à cet événement improbable. Si je ne me trompais pas, elle avait encore vu, dans une phase plus éveillée de sa vie, Jean-Paul II embrasser le tarmac à son arrivée sur le petit aérodrome de Wevelgem, je crois. Bien que cette histoire pût aussi s'expliquer par le fait que son pieux patron, lors de cette visite papale, avait accordé un jour de congé payé à tout membre baptisé de son personnel.

Depuis, vu son âge respectable, sa crainte de prendre le métro, sa peur des attentats et quoi encore, se débrouiller seule à Bruxelles un après-midi était devenu trop difficile pour ma mère. En ma compagnie, elle serait peut-être plus téméraire, et donc il ne restait qu'une chose à faire, le lui demander.

Elle habitait avenue Charles-Quint, près de la lourde basilique de Koekelberg, un troisième étage grisâtre, comme chaque ville en abrite plus d'un. Le propriétaire refusait de louer à des gens de couleur, par principe, parce qu'ils se multipliaient comme des rats et que ses flats étaient loin d'être prêts à accueillir des grandes familles turbulentes. C'est ainsi que ce baron de l'immobilier faisait fructifier sa bicoque mal entretenue grâce à des tout jeunes couples aux salaires de débutants ou des gens âgés aux maigres pensions et dotés d'un sens olfactif délabré, ce qui ne l'encourageait pas à remédier à la puanteur du vide-ordures.

C'est le matin entre sept et neuf que le canari de ma mère était le plus gai, lorsque les navetteurs dans la rue perdaient patience et offraient au voisinage un concerto pour klaxons ; ça donnait au petit animal quelque chose

à faire, fallait répondre gaiement à tous ces bruits cita-
dins. Jusqu'au moment où l'heure de pointe du soir
allait à nouveau alléger son emprisonnement, l'oiseau,
Fladder était son nom, devait se contenter du battement
indolent de la pendule et de quatre ou cinq bulletins
météo. Mais de l'endroit où ma mère lisait ses magazines
people, elle avait vue sur la seule vache que Bruxelles
possédait encore, un plus que tout agent immobilier
vanterait en gros caractères. Chaque année, lorsque le
mois des abattages vidait les stalles, on craignait la venue
d'un promoteur de projets. Car c'est vrai, chaque brin
d'herbe est un frein à l'économie. Quel intérêt de laisser nuit et jour une vache renifler nos vapeurs de diesel ?
Boire son lait ne pouvait qu'occasionner un empoison-
nement au plomb ! Le progrès des peuples serait mieux
servi par l'érection de blocs de bureaux ! Mais bon,
jusqu'à présent la vache tenait bon contre toutes sortes
de pulsions d'expansion, parce que, d'après la rumeur, le
lobby des associations écologistes était devenu trop fort,
et la prairie, de même que l'occasionnel meuglement de
sa brouteuse, donnait à ma mère une illusion de nature.
Les catéchistes qui préparaient des enfants cent pour
cent urbanisés à leur sainte confirmation, cherchant
quelque illustration biblique concrète, et niant par commodité les différences négligeables entre un bœuf et
une vache, emmenaient leurs élèves dans le petit lopin
de prairie de l'avenue Charles-Quint : il y avait là une
descendante de l'animal privilégié qui assista un jour, à

Bethléem, à la naissance du petit Jésus ; en cette miraculeuse année zéro l'haleine sortant du nez de cet animal percé avait ondoyé au-dessus de la crèche en y laissant une agréable chaleur. Les parents athées plaçaient ailleurs leurs accents éducatifs et le week-end, devant la clôture barbelée de ce pré, on les entendait discourir sur cette merveille nommée « vache ». Les yeux écarquillés, les petits regardaient la cornemuse pendouillante de la bête, ayant peine à croire que là se trouvait la source des petits pots de yoghourt.

C'est donc là qu'habitait ma mère, et au volume du son de la télévision on pouvait estimer qu'elle avait perdu une grande partie de son audition.

L'ascenseur fonctionnait, les miracles se succédaient cette semaine-là.

Je n'avais, je crois, encore jamais invité ma mère à une quelconque excursion. Les autres emmenaient leur mère ci ou là, une baraque à crêpes, une représentation théâtrale. Certains même l'emmenaient en voyage. Moi pas, donc. Les seules sorties que je faisais avec ma mère étaient pour se rendre à l'hôpital Érasme, où il fallait recalculer épisodiquement la date de péremption de la prothèse de sa hanche. Le pire, d'après elle, à cette visite chez le médecin, était le taxi, parce que neuf fois sur dix il était conduit par un Maghrébin. Pour fêter le fait d'avoir survécu au chauffeur et été déclarée en bonne santé, elle nous payait chaque fois un gâteau à la cafétéria de l'hôpital. Un carré confiture ; une trame de pâte remplie de confiture d'abricot. Une tradition familiale, disons.

En vérité, je n'étais pas très sûr que ma proposition d'aller ensemble saluer le Bon Berger serait bien accueillie. Elle ne voulait peut-être pas être mise dans le même sac que les ploucs agitant leurs drapeaux et leurs banderoles le long du parcours. Sans parler de la profondeur de sa foi, dont je ne savais absolument rien. Bon, elle avait gardé la petite bible qu'elle avait angéliquement tenue entre ses mains le jour de sa première communion pour faire plaisir au photographe, mais je ne l'ai jamais vue en lire le moindre mot. Au-dessus de la porte de la cuisine était accroché un crucifix, une pièce de décoration que les femmes se plaisent à épousseter une fois par semaine mais à laquelle elles ne prêtent guère attention. Une paire de branches de buis bénit était fichée derrière le crucifié à demi nu, un peu comme les plumes dans le derrière d'une danseuse burlesque, et ces feuilles étaient si fanées et décolorées qu'elles ne pouvaient que signaler que ma mère n'avait plus mis les pieds depuis des décennies à la messe du dimanche des Rameaux. Des devoirs religieux tel le mercredi des Cendres la laissaient indifférente et son éternel appétit pour les pralines faisait obstacle à ses résolutions de faire carême. Elle m'avait par contre envoyé dans une école catholique, mais uniquement parce qu'elle pensait que l'offre d'enseignement était de meilleure qualité, ce qu'au demeurant beaucoup de gens de sa génération pensaient aussi. Sur les froides chaises d'église, pendant les célébrations de mariage ou les cérémonies funèbres, seule son envie d'uriner l'agitait, considérablement plus souvent durant les secondes que les premières. Si des communautés religieuses se présentaient sur le pas de sa porte, mendiant pour la construction d'une petite école à Port-au-Prince ou le forage d'un puits artésien dans un coin desséché de l'Afrique, elle leur fermait brutalement la porte au nez. Non, je ne savais pas si son cœur était baigné par la doctrine de Jésus. Elle était en outre une pécheresse dans le sens clérical du mot : célibataire, mère d'un enfant à qui elle n'avait jamais avoué le nom de son géniteur inconnu.

« Mais qui voilà, mon fils prodigue ! Tu bois quelque chose ? »

En vérité, il n'y a que deux liquides que j'aime vraiment : la bière et le café. Je trouvais qu'il était encore trop tôt pour la bière. Et depuis que l'avarice avait resserré son étau sur elle, ma mère s'était mise à réutiliser plusieurs fois ses dosettes de café. Lorsqu'elle a commencé ce système, j'ai compris qu'elle était devenue vieille. Ses papilles gustatives, une chance pour elle, ne valaient plus un sou. Suffisait de la voir se déchaîner avec le moulin à poivre au-dessus de son assiette de soupe. Mais moi, on ne pouvait me faire plaisir avec un extrait d'extrait insipide rappelant vaguement le café.

« Je ne prendrai rien, merci.

— Claudia t'a accompagné ?

— Véronique !

— Tu dis quoi ?

— Véronique ! Ça fait plus de quinze ans que je ne suis plus avec Claudia. C'est Véronique maintenant, maman, retiens-le une fois pour toutes.

— Ça ne fait rien, tu es venu tout seul, ça en dit long. »

Tandis qu'elle me parlait, son visage restait tourné vers la télévision. J'ai regardé avec elle un chef coq arranger sur une assiette trois feuilles de scarole, dans l'espoir, indubitablement, que grâce à ça la salade aurait un peu moins le goût de salade.

« Tu veux boire quelque chose ?

— Mais tu viens de me le demander, maman !

— Ah oui ? Et qu'est-ce que tu as répondu ?

— Que je ne prendrai rien, merci. »

Le chef coq disparut de l'écran, un chirurgien-vétérinaire vint prendre sa place.

Il commençait à être temps que je mette ma proposition sur le tapis. Prudemment, craignant toujours de me rendre ridicule. Je le dis, chez nous, la religion avait toujours occupé le même statut que la sexualité, dans le sens qu'il s'agissait d'une affaire privée, moins taboue que privée, on n'en parlait pas, point barre.

« Tu as entendu que Jésus va venir par ici ?

— On ne parle de rien d'autre.

— Ça t'intéresserait d'être là quand Il va parcourir nos rues ? »

Elle a enfin détourné son regard de cette stupide et

lassante télévision. Elle m'a regardé dans le blanc des yeux, comme si elle se demandait ce qu'elle allait faire : se moquer de moi ou m'engueuler copieusement.

Elle s'est mise à ballotter son dentier dans sa bouche, un tic qui lui prend chaque fois qu'elle soupèse chacun de ses mots, et a finalement sorti : « Tous ces gens qui restent depuis maintenant trois semaines au bord de la rue ont peu confiance dans leur affaire. Celui qui croit qu'il verra Dieu tout son soûl plus tard n'a pas besoin de se décarcasser pendant sa vie sur terre pour en saisir au vol un petit bout. »

Inutile de dire que sa réponse m'a surpris. Je m'étais attendu à tout, mais pas à cette réaction percutante. Ajoutez le fait que ma mère est morte inopinément dans son sommeil quelques heures après cette déclaration, avec un sourire béat comme jamais un croque-mort n'en avait vu sur le visage d'un client : mon étonnement était considérable.

Et ce fut donc à cette époque, dont je me souviens comme d'une des plus belles de ma vie plutôt agitée, que j'ai abandonné le corps de ma mère au limon du cimetière d'Evere.

Chez Dupont, le café au voisinage du cimetière où beaucoup de gens en deuil viennent chercher consolation dans un lapin étuvé accompagné d'une trappiste, j'ai mangé un carré confiture et, que l'on juge ça convenable ou non, je me suis senti inexplicablement heureux.

Les jours suivants, j'allais devoir vider un appartement où j'allais peut-être trouver une photo de l'homme qui pourrait être mon père, peut-être même une lettre, et j'allais délivrer un canari de sa misérable cage.

Station 4

Depuis 1698 Bruxelles a une façon toute particulière de témoigner son amour à quelqu'un, à savoir : déguiser en cette honorable personne la statue la plus célèbre de la ville. Paré du costume d'Elvis Presley ou Nelson Mandela, Manneken-Pis, car il ne peut s'agir ici que de lui, fait gicler son pipi dans la fontaine de la rue de l'Étuve. En Baden-Powell, Mozart, Christophe Colomb, en footballeur du Racing Anderlecht, en maillot jaune du Tour de France, en saint Nicolas, et j'en passe... déguisé et redéguisé, l'espiègle petit bouclé, de jour comme de nuit, réitère son outrage public aux bonnes mœurs. Celui qui un jour a vu ce gentil bonhomme en avatar du chansonnier Maurice Chevalier faire preuve d'une prostate en excellente condition ne pourra plus jamais écouter « Mais où est ma zouzou » sans évoquer le petit zizi dont même une nonne desséchée ne pourrait s'offusquer.

Paris a la tour Eiffel, Rome la fontaine de Trevi. Longtemps ça m'a troublé que notre symbole national fût un pisseur tout nu, comme si nous cachions notre manque d'ambition derrière de l'humour facile, scatologique. Je ne comprenais pas non plus pourquoi les voyages organisés depuis les quatre coins du monde menaient tous vers cette statuette de cinquante-huit centimètres de haut, que l'on ne remarquerait pas dans un marché aux puces.

Mais j'ai ressenti de la gaieté, une vigoureuse gaieté, en voyant soudain notre Manneken déguisé en Jésus, une auréole sur la tête, sortant son petit robinet de son pagne, et pissant, pissant sans interruption, une main au côté, les genoux légèrement pliés pour pouvoir admirer ce qui était caché à la vue par sa petite bedaine. Là, j'étais preneur. Un pisseur. On ne pouvait symboliser mieux le sentiment de délivrance. Un jeune pisseur, un pisseur mâle, qui n'a pas encore désappris à prendre soin de l'arc décrit par son jet soumis à la pesanteur, animé par une profonde estime pour la splendeur balistique de sa giclée. Bien plus triomphale que tous ces héros taillés dans le marbre au cœur de Florence, c'est l'impression que me faisait soudain cette moche icône de mon non moins moche pays. Triomphale et débordante de vie. Et je considère que c'est une bénédiction de vivre dans un pays où aucune guerre n'a été déclarée parce que notre plus grand prophète, culturel autant qu'historique, est représenté le cul à l'air. Pas de prédicateur criant au scandale, implorant le retour de la feuille de vigne dans les arts plastiques. Le zob de Notre Bien-Aimé Seigneur ne nous choquait pas. Alors que Giovanni Bellini, à l'aube de la Renaissance, confiait déjà à la toile la minuscule zigounette de Jésus — comme si le peintre voulait souligner l'humanité en devenir de Dieu en le pourvoyant chichement là où pour tout homme, et aussi pour toute femme d'ailleurs, quelques grammes de plus sont toujours bienvenus — nous n'allions quand même pas, tant de siècles plus tard, faire des histoires pour un Jésus qui n'entendait pas cacher le moindre centimètre de la Création ?

Et comme de coutume chaque fois qu'un jour hautement exceptionnel se profilait à l'horizon, le conseil communal de la ville de Bruxelles décida de connecter les canalisations de la fontaine à un tonneau de bière. Jusqu'au jour de l'arrivée du Christ, Manneken-Pis, revêtu de son auréole et de son pagne, allait colorer d'ambre le bassin de la rue de l'Étuve.

Si je parle pour ma propre génération — nous, enfants des sixties, ces années immanquablement parées de mentions élogieuses sur les pochettes des disques —, je dois dire qu'à la vue de ce Manneken-Pis l'espoir nous a conduits au délire. Il faut nous pardonner. Nous avions été mis au monde à un moment qui semblait prêt pour une revanche sur le passé. Le mal était extirpé de l'homme grâce au plastique, au chewing-gum et au rock and roll. C'est ainsi que l'Allemagne organisa en 1972 une nouvelle fois des Jeux olympiques, pour évacuer les souvenirs de l'édition de 1936. Avec une naïveté renouvelée, c'est hélas le mot correct, j'aurais préféré qu'il en fût autrement, l'humanité se cramponnait à la conviction que le sport pouvait rapprocher les peuples. Que le chemin vers la paix suivait une piste de quatre cents mètres. Jouer au hockey ou briller au badminton, nager ou courir à toute allure, ce fut peine perdue, le rêve de fraternité se fracassa lorsque des terroristes palestiniens provoquèrent un bain de sang au village olympique et que l'équipe israélienne retourna à la maison avec plus de cercueils que de médailles. Nous faisions connaissance avec la donne de l'attentat terroriste, les commissariats de police échangèrent leurs carnets à contraventions pour des fusils PSG-1. Dans nos souvenirs d'enfance, nous mangeons des choux de Bruxelles à la muscade avec de la saucisse en regardant la télévision ; autos piégées et détournements d'avion sont les thèmes du journal télévisé, mais nous n'en mangeons pas moins de bon appétit. Les chiffres des morts tombent comme les chiffres du loto, le drame des prises d'otage fait partie de notre quotidien. Les grandes puissances militaires se neutralisent mutuellement par la menace de leur arsenal de missiles de destruction totale. Et le Biafrais au ventre ballonné par le liquide interstitiel agite sa gamelle comme pour dire : « Me revoici, votre programme de jeux commence dans un instant, merci d'avoir regardé, à demain ! »

L'industrie se retournait contre sa main-d'œuvre, les rangs des chômeurs gonflaient, fini le paradis de la prospérité et ses lueurs de juke-box qui avaient éclairé nos parents. Le racisme, qui avait causé un tel désastre quarante ans plus tôt et dont l'Europe ne s'était pas encore remise, se vit doté de nouveaux prédicateurs et de nouveaux adeptes. L'air grognon, docile et bête, nous nous sommes accommodés du rôle que la fin du siècle le plus dégueulasse nous destinait manifestement.

C'était au temps de mon premier rasoir, j'étais un jeune homme lorsque la foi en mon espèce s'est inopinément rétablie ; bon, le phénomène était en réalité à attribuer à ma connaissance lacunaire et juvénile de l'homme, mais quand même, l'apartheid s'était effondré en Afrique du Sud, la guerre froide avait disparu du scénario de l'Apocalypse, le mur de Berlin était tombé, les révolutions de velours donnaient la parole aux peuples... et ce qui m'était resté d'utopisme s'est relevé, sentant que c'était pour très bientôt, son temps était venu. Idéologiquement, ce furent les plus beaux jours de ma vie, je n'ai pas honte de le dire, et je pense honnêtement que je peux parler ici au nom de beaucoup de mes contemporains. On voyait des gens qui, pendant mes années d'études, passaient pour des champions de l'indifférence, arborer tout à coup, et sans ironie, un T-shirt d'Amnesty International. On pourrait dire qu'on nous a d'abord attendris afin que le prochain coup frappe d'autant plus fort, car peu de temps après le Rwanda prouvait qu'un génocide n'a besoin que de cent jours et quelques machettes pour alléger le registre d'une population d'un million de noms. Et malgré la promesse, gravée solennellement sur tant de statues et colonnes dressées après la Seconde Guerre mondiale, Srebrenica a montré que des pauvres diables étaient encore et toujours déportés et massacrés en masse à cause de leur foi, de leur origine ou de leur couleur. Et que le reste de la planète s'en foutait royalement, encore et toujours! Ce fut le coup de grâce à mon, à notre optimisme, à notre foi en l'humanité. Nous sommes devenus cette fameuse génération perdue, qui se replie dans son confort petit-bourgeois, égoïste, sans inspiration. Dans nos rangs aigris, les partis politiques sont venus recruter avidement des têtes de liste, le futur ne disait plus rien à personne.

Sommes-nous restés vautrés dans notre avachissement? Sans aucun doute! Mais de façon inattendue, une lueur tombait sur nos mornes journées. Nous nous sommes sentis délivrés de nos petites existences banales. Ou alors, laissez-moi plutôt parler pour moi-même, ce sera de loin plus honnête: *je* me suis senti délivré de ma petite existence banale. Et cette sensation, dont j'étais de plus en plus conscient à mesure que je restais planté rue de l'Étuve, cette véritable émotion, m'a saisi à tel point que j'ai fait quelque chose que je n'avais jamais cru possible auparavant: je suis entré dans une boutique de souvenirs et je me suis acheté une réplique de Manneken-Pis. Trente euros pour une version en polyester. La vendeuse n'y comprenait rien: normalement, elle ne vendait qu'à des touristes; aujourd'hui, c'était surtout à des Bruxellois.

Station 5

En Belgique, il est plus difficile de trouver un affûteur d'outils mécaniques qu'un parlementaire. Pour peu que nos élus possèdent au minimum l'habileté de former un gouvernement, notre pays compte six parlements. Un gouvernement fédéral, un gouvernement de la région wallonne, un gouvernement flamand, un gouvernement de la région Bruxelles-Capitale, un gouvernement de la communauté française et un gouvernement de la communauté germanophone. Un fameux bazar. Six — je répète : six ! — gouvernements différents pour une nation de 30 000 kilomètres carrés à tout casser, plus petite que le Bhoutan, plus petite que la Guinée-Bissau, avec pour résultat 537 parlementaires à payer chaque mois. Et en plus de ça, 48 ministres et 10 secrétaires d'État empochent de gros salaires, de l'argent qui doit bien venir de quelque part. Certains de ces ministres passent d'un gouvernement à l'autre au cours de la même législature, ce qui ne facilite pas le calcul de leurs émoluments. Enfin, notre structure étatique offre un sujet de choix pour des examinateurs aux pulsions sadiques, et peu de mots apparaissent aussi souvent dans nos éditoriaux que le mot « kafkaïen ».

Ça m'a frappé ces dernières années : lorsque je voyage à l'étranger, il me faut de plus en plus souvent expliquer que chez nous ne règne aucune guerre civile. Le décalage entre discours politique et vie civile ne peut être plus flagrant. Flamands et Wallons ne sont pas face à face le couteau entre les dents ; nos maçons travaillent ensemble sur les mêmes chantiers et ce qu'ils construisent est d'équerre, l'orchestre de la Monnaie se compose de musiciens du Nord comme du Sud et ils jouent néanmoins *La Finta Giardiniera* dans la même clé, on se marie ensemble sans égards pour la frontière linguistique et, dans ces ménages mixtes, on ne casse pas plus de vaisselle et on ne claque pas plus fort les portes qu'ailleurs, on trouve dans les bras les uns des autres la même chaleur, ou la même froideur. Mais les slogans populistes de nos aboyeurs les plus bruyants font croire le contraire à certains étrangers, et chassent d'importants investisseurs.

Quoi qu'il en soit, il fallait doucement qu'on réfléchisse à une délégation officielle, aux personnalités qui allaient partager la tribune d'honneur avec le Christ, qui allaient pouvoir lui serrer la main devant toute la presse rassemblée. Et ce furent les ministres flamands qui tapèrent les premiers sur la table, ce qui n'étonna personne. Les premiers et les plus violents. Bruxelles était *leur* capitale, basta. Le ministre-président wallon ne résidait-il pas à l'Élysette, à Namur, où, lorsque le vent était favorable, il pouvait entendre grogner les sangliers dans la forêt avoisinante? Tandis que le Parlement flamand se trouvait boulevard du Roi-Albert-II, dans la capitale, où le soir les Marie Madeleine d'aujourd'hui se laissent embarquer dans des voitures aux vitres fumées. En outre, et ça semblait aux Nordiques parfaitement décisif, le peuple flamand était plus proche de Dieu que le peuple wallon! N'était-il pas écrit: «Tout pour la Flandre, la Flandre pour le Christ», un credo que l'on jodlait joyeusement pendant les processions, et qui donnait du travail à maintes brodeuses dans les ateliers de confection de drapeaux. Chaque année, les partisans rabiques d'une Flandre indépendante — quatre autobus en tout —, accompagnés de deux curés et d'un tonneau d'encens, se rendaient dans les polders pour y prier dans la verte nature fleurant bon le purin, saisis par la conviction que le Créateur approuvait leur idée de séparatisme, et évoquer ensuite les ressentiments d'une minorité opprimée. Roulements de tambour et jeux d'étendards en prime. Lorsqu'à une autre date de leur calendrier, la joie que leur procurait leur identité culturelle avait gonflé au point de devoir exploser en chansons, ils se rassemblaient au Palais des Sports d'Anvers et hurlaient en chœur «Sur la bruyère pourpre», «Je vois des petites loupiotes sur l'Escaut» et «Mieke, tiens-toi aux branches des arbres», de même que, bien entendu, des tubes profanes.

En Wallonie, par contre, les effluves industriels avaient enfumé la foi, les épaisses vapeurs sulfureuses avaient voilé le son des cloches d'église. On aurait pu dire : « Les Wallons n'ont que faire de la présence du Christ, et certainement de Bruxelles ! »

Mais là, il fallait tout de même reconnaître qu'à l'ombre de notre fameux Atomium il y avait plus de *librairies* que de *boekhandels* et que l'on y faisait considérablement plus fréquemment *l'amour* que *de liefde*. En d'autres termes, fallait vraiment chercher longtemps pour trouver, aux environs de la Gare centrale, quelqu'un qui jodlerait sous la douche, pendant que mousse sa permanente, « Sur la bruyère pourpre ». De toutes les futures petites épouses qui, dans les hôpitaux bruxellois, se faisaient refaire à la va-vite et en cachette une virginité, il n'y en avait guère qui chantonnaient « Notre-Dame-des-Flandres ». Sans parler de le chantonner en néerlandais.

(… Notre-Dame-des-Flandres : le magnum opus du compositeur Lodewijk De Vocht ; on se demande où, dans quel quartier de préfabriqués, sur quel parking de quel magasin de jardinage, se dresse la statue du bonhomme… et par combien de pigeons elle a été conchiée jusqu'à en être méconnaissable…)

La présence de francophones devenait dès lors incontournable dans une vraie délégation de la ville et du pays.

Et les quelques pourcents oubliés des Belges germanophones aussi, toujours calmes et discrets, retirés dans leurs patelins herbus, ce no man's land, ces gens qui savaient que la vie tourne essentiellement autour du remplissage de bidons de lait, exigèrent soudain haut et fort un rôle dans l'événement cérémoniel de l'accueil de Notre Seigneur.

Et nous voici retombés dans les sempiternelles chicanes communautaires derrière lesquelles nos dirigeants se cachent si volontiers pour ne pas avoir à discuter des trous dans nos routes, du coût de l'enseignement, de la pollution du sous-sol, du grand âge de nos réacteurs nucléaires.

On a cru devoir émietter en niveaux de décision nombreux et embrouillés non seulement la nation, mais la capitale elle-même. Sachez que dans cette unique ville dix-neuf ventres sont ceints d'une écharpe mayorale. Bruxelles est un patchwork de différentes communes dont les vues ne dépassent pas leur propre seuil. Jusqu'au jour de l'Annonce! Le mayeur d'Uccle, dare-dare, s'est à nouveau senti un pur Bruxellois, bien qu'il n'eût là-bas rien à promettre à personne pour consolider sa base électorale. Il exigeait de pouvoir siéger à la droite du Christ, avec un badge VIP en pendentif, lors du grand jour, celui peut-être du Jugement dernier.

Ajoutez à tout ça que tous les parlementaires européens prétendaient à un entretien particulier avec Jésus, et l'on comprend le découragement avec lequel l'organisation de l'événement fut envisagée.

On pouvait s'y attendre : toute personne de quelque renom allait vouloir se faire photographier aux côtés d'un homme qui possédait le matériel génétique du Tout-Puissant. Tout ce qu'on pourrait faire miroiter comme lettres de noblesse était utilisable, pas de cul trop dégoûtant qu'on ne puisse le lécher, pas de fierté trop petite ou trop grande qui ne puisse être mise de côté pour s'adonner à d'humiliants frottages de manche. Ça nous mènerait vraiment trop loin de citer toutes les initiatives éhontées, mais si l'on peut prendre une connerie comme exemple de toutes les autres conneries, sachez que le président du club de football FC Bruxelles avait déplacé la date du match amical contre les B du Standard de Liège au 21 juillet, dans l'espoir que nul autre que le Fils de Dieu en personne viendrait donner le coup d'envoi officieux.

Pour une fois, les dirigeants de l'immuable gouvernement fédéral provisoire ne furent pas rappelés en urgence de leurs lieux de villégiature pour conjurer une crise, mais pour programmer un truc réjouissant. Une commission spéciale fut mise sur pied et, à l'étonnement de tout le monde, la chose alla si bon train que la télé vit s'envoler l'espoir d'un débat animé.

Le prieuré du Val-Duchesse s'était montré dans le passé, et à de nombreuses reprises, un lieu approprié pour des négociations d'importance. En 1957 on y avait ficelé jusqu'au dernier paragraphe le traité de Rome, c'est-à-dire coulé le soubassement de ce qui allait devenir l'Union européenne. Des régimes souffreteux vinrent y amortir leur chute, des accords improbables y furent conclus. D'après les initiés, ça tenait au grand feu ouvert, dont le crépitement favorisait l'inspiration. D'après d'autres, au parc, où les cerveaux se voyaient administrer une goulée d'oxygène avant d'aller trancher un nœud particulièrement gordien. Et ça tenait aussi, ouioui, à la cuisine du domaine. *Duo de langoustine et homard en carpaccio à la citronnelle ; Limande aux petits-gris de Namur, fin bouillon aux lentins des chênes et à la ciboulette chinoise ; Saint-Jacques poêlées aux lentilles vertes du Puy, roulade de concombre aux huîtres plates de Colchester ; Poule faine à la fine champagne et sa garniture hivernale...* là où l'on souffre de la faim, pas question d'établir la paix. Le flamingant le plus coriace, après lecture de ce menu, abandonne toutes ses exigences linguistiques et ouvre grand d'abord la bouche, ensuite le premier bouton de son pantalon.

Rien n'indiquait que l'un ou l'autre membre de la commission fût attristé de devoir se retirer pendant la durée des négociations dans cet exil gastronomique.

Un point pouvait de toute façon être vite expédié : quiconque caressait l'ambition de chaperonner le Christ durant Son séjour dans cette ville devait maîtriser Sa langue !

54

La connaissance du latin faisait encore partie, pour certains, de leur curriculum. Bon, on ne pouvait plus acheter un pain dans cette langue, et même les filles d'un haut niveau d'éducation se laissaient depuis longtemps faire la cour par des garçons qui gardaient leurs ablatifs dans leurs poches. Mais quelques-uns l'avaient étudié au lycée pour assouplir leur cerveau, un exercice de gymnastique cérébrale auquel d'autres préféraient substituer le jeu d'échecs. Plus vulgairement, on était motivé pour ce genre d'études par le prestige dont les notables ont longtemps joui sous les ailes du coq de la tour de l'église grâce à leur connaissance du *plusquamperfectum*. Mais ça, ce n'était que du latin, la langue dans laquelle les botanistes discutent de leurs herbiers d'automne.

Le Christ avait multiplié ses poissons en araméen! Ha! Il avait engueulé les marchands du Temple et les usuriers de Jérusalem en araméen! C'est la langue dans laquelle Il répliqua si sobrement au grand prêtre Caïphe, dans laquelle Il releva Lazare de sa paralysie; la langue dans laquelle Il pria Sa prière la plus déchirante sur le mont des Oliviers, la langue dans laquelle, on ose le dire ci et là, Il rêvait de la bien-aimée qu'Il n'a jamais eue.

Les membres du comité qui venaient justement d'entamer la mousse au chocolat (ne recelait-elle pas un léger accent de cognac?) se regardèrent. L'araméen? Quelqu'un qui? Ça a dû susciter un fameux étonnement. À part quelques rouleaux bibliques devenus friables, l'araméen était pratiquement balayé de la surface du monde. Le néoaraméen, ou un drôle de dialecte qui en dérivait, était par contre encore parlé par l'un ou l'autre ci et là. Les chrétiens assyriens en Iran et en Irak, par exemple, il n'en restait que quelques milliers, devaient peut-être bien être capables de servir d'interprète pour une conversation avec le Prophète. Mais essayez un peu d'en trouver, dites donc, ces pauvres hères se cachaient dans les montagnes, craignant pour leur vie, une diaspora de plus en transhumance sur les cartes d'état-major.

Et c'est ainsi que l'espoir de toute une nation se focalisa sur le Centre de transit 127. Là, dans la zone de transit de l'aéroport national, derrière des barbelés, étaient parqués les «fins de procédure» — les sans-papiers, ceux qui avaient en vain demandé un peu de compréhension et l'asile — en attente d'un avion pour les rapatrier vers un lieu où ils étaient tout aussi malvenus. Parce que aucune bonne fée ne s'était penchée sur leur berceau, le bonheur, ils devaient aller le chercher ailleurs, et traverser moult frontières… Hélas, nous n'avions plus de mines de charbon, sinon on aurait pu les fourrer dedans. De cette façon, leur bonheur enfin trouvé nous aurait été utile. Le pays était plein à craquer de chaînes de magasins Ikéa, Tonton Tapis et Lederland. Alors, dites-nous : où héberger ces pauvres bougres ? Dans les salles d'exposition de toutes ces chaînes peut-être… ? Étant donné que toutes leurs requêtes pour obtenir le statut de réfugié avaient été rejetées, ces gens étaient devenus des clandestins, des illégaux. Comme s'ils étaient l'incarnation d'un sac de cocaïne ou d'une caisse d'explosifs. Illégal : tu en entendras sur ton compte ! Que ton existence est illégale ! Que ta naissance tombe en dehors du code pénal ! Qu'en réalité tu n'aurais pas dû venir sur terre ! Ils ne demandaient rien d'autre à la vie que de pouvoir quelque part stagner devant l'évier d'un restaurant, sous-payés, et sans un mot de remerciement. Ils étaient prêts à accepter de vivre dans des chambres où la moisissure était si épaisse sur les murs qu'aucun poêle si empestant fût-il ne pouvait en venir à bout. Mais même ce confort ne leur était pas accordé. Ils devaient partir. Retourner là où leur mère les avait mis bas. C'est la pensée la plus mesquine que les temps nouveaux aient produite : ton passeport dit, pour l'essentiel, ce que tu es !

Il a bagué des oiseaux, marqué des vaches. La dernière chose que l'homme pouvait encore placer dans un catalogue c'était lui-même. La foi de l'espèce en sa propre faculté de penser et d'agir avait manifestement atteint un niveau tellement lamentable que l'on estimait impensable que quelqu'un puisse se libérer de son terreau natal.

Là où les barreaux striaient le paysage, dans ce désolant Centre de transit 127, peut-être se trouvait-il parmi les refoulés quelqu'un dont la langue maternelle pourrait avoir un lien avec l'ancien araméen. En ce cas, nous aurions un interprète pour Notre Seigneur et cet homme ou cette femme recevrait immédiatement en cadeau un titre de séjour définitif. Les Affaires étrangères étaient déjà en route avec les tampons encreurs.

Station 6

Je crois que j'ai toujours trouvé que c'est pendant la deuxième semaine de juillet que Bruxelles est la plus belle, quand les hautes concentrations d'ozone obligent les pharmaciens à stocker une grande réserve d'inhalateurs pour asthmatiques et que les femmes, obsédées par les réductions, bottées et éperonnées, entament leur chasse aux soldes rue Neuve. Alors, au moment où les étudiantes jobbeuses se rendent compte que le métier de caissière n'est pas aussi simple qu'il n'y paraît, les boussoles des fonctionnaires indiquent le sud indolent et cette ville se débarrasse de la fièvre de son trafic automobile. Nul matin du monde urbain ne peut se lever plus joliment que celui où les premiers forains traversent le centre-ville dans leurs camions lourdement chargés. La foire d'été va bientôt commencer. Il suffit que le premier lampion tourne dans sa douille et je sens déjà les beignets, les gaufres et les croustillons. Et comme sortie des dives bouteilles, j'entends une fois de plus la voix entraînante de Jacques Brel chantant : *j'aime la foire où pour trois sous l'on peut se faire tourner la tête.* Je l'avoue, chaque été, je suis ému quand j'observe l'affairement nécessaire pour remplir de palais de glaces et de carrousels ce kilomètre entier qui relie la porte de Hal à la porte d'Anderlecht. Bizarre, car je ne suis pas un homme des grandes foules. Je n'ai jamais aimé ça. Mais lors d'une kermesse, moi, creuset de misanthropie, j'ose laisser tomber ma méfiance vis-à-vis de la meute. Je ne sais d'ailleurs pas d'où ça vient.

On ne se faisait plus depuis longtemps tourner la tête pour trois sous par le seigneur des oiseaux. Au contraire, aujourd'hui, beaucoup d'attractions de foire offraient comme divertissement ultime des expériences effrayantes quasi mortelles pour un prix qui trouait sérieusement le budget d'une famille moyenne. Mais les autos tamponneuses avaient heureusement survécu aux modes et continuaient d'offrir aux jeunes pour un prix raisonnable l'atmosphère idéale pour fumer des cigarettes d'un air bravache, les épaules redressées, zieutant l'autre sexe, et cela sans aucun doute avec plus de culot et d'assurance que je n'en avais à leur âge. C'était une des rares choses que je m'offrais à chaque kermesse ; trois ou quatre sessions d'auto-scooter. Bien sûr, je ne présentais de menace pour aucun de ces jeunes machos et personne ne trouvait amusant de me rentrer dans le flanc. Ils me toléraient sur leur terrain en tant que vieux nostalgique de plus en plus pathétique, parcourant en roue libre sa mémoire effilochée. Les seuls contemporains que je rencontrais encore sous les néons étaient des hommes qui avaient revêtu assez tard dans leur existence le rôle de père et qui initiaient de façon amusante leur gamin, occasionnellement leur fillette, à l'art de conduire. Ils avaient déjà quelque expérience de l'ostéopathie, savaient ce qu'était le coup du lapin, et ne considéraient plus les autos tamponneuses comme un moyen de tamponner mais comme un accessoire pédagogique pour apprendre à leur progéniture les règles de la circulation. Donc, oui, je ne pouvais donner tort au jeune qui me regardait comme un pitoyable neurasthénique tandis que je louvoyais avec ma petite auto sur le champ de bataille, *leur* champ de bataille. Je ne parvenais pourtant pas à me défaire de l'habitude de me hisser chaque fois dans un auto-scooter. Et même encore aujourd'hui, alors que l'on était en train d'assembler les squelettes d'acier de toutes sortes d'attractions gigantesques, je savais que cette année aussi je prendrais le volant, et ressentais un peu de l'ancienne excitation qui avait mis en émoi mon système nerveux, à des années d'ici, à des femmes et des chagrins d'ici, quand l'arrivée de la foire sonnait comme une promesse.

Ce quartier avait bien besoin d'un peu de féerie, c'est pour ça aussi que j'allais toujours avec plaisir à la rencontre de ces forains restés romantiques. Ces gens nous délivraient de la laideur et méritaient dès lors d'être salués en libérateurs, comme les fumeurs de cigarettes canadiens le 3 septembre 1944 sur l'avenue de Tervuren. Si pour ce faire nos filles devaient prendre les responsabilités que leur charme impliquait, eh bien alors : *Deus Vult!*

J'exagère quelque peu. Mais ça n'empêche que le boulevard Poincaré était depuis des années en train de grisonner. Rien ne pouvait être mieux à sa place que le mensonge d'une roue géante la nuit, une supernova mécanique qui nous soulevait au-dessus de notre grisaille quotidienne. Durant ces semaines lumineuses, des visages se collaient aux vitres des trains internationaux qui filaient à travers la gare du Midi, et leurs expressions figées trahissaient le dépit que la mer du Nord se fût laissé encaver d'une ligne à grande vitesse. Ils seraient volontiers restés un peu plus longtemps, maintenant que la température encourageait la dégustation d'une gueuze et que débutait en outre la saison où les Belges s'épuisent à discuter de la qualité de la nouvelle récolte des moules. Mais les exigences que notre époque impose aux chemins de fer sont implacables : deux croissants seulement séparent la Grand-Place de Piccadilly Circus. Et étant donné que le temps et l'argent sont deux larves qui s'alimentent au même cadavre, le temps de parcours nécessaire pour relier Bruxelles à Londres, selon certains actionnaires, pourrait être réduit à un seul croissant. Avant que Jacques Brel n'entame la strophe suivante, les courtiers navetteurs nagent déjà sous le ventre des cabillauds.

Et nous donnant un peu de rêve pour que les hommes soient contents.

Chaque fois que cette partie de la ville fleurait bon le crottin provenant des culs permanentés des poneys de manège abrutis, je m'apprêtais à faire une promenade le long de toutes les attractions… une promenade dans le passé. Le côté sentimental de tout ça me rebutait, mais c'était ainsi : chaque visite à la foire était une visite aux foires d'antan. Je m'immergeais dans le hurlement des stands où l'on vendait des billets de loterie, je cherchais la femme-araignée, le cabinet ambulant des jumelles siamoises, la chenille. Une douce errance à travers les souvenirs de la brasserie Caulier-Express-Midi, où j'ai un jour bu ma première pils, faisant semblant de trouver ça bon, des boxeurs et des catcheurs, des amours adolescentes qui s'allumaient et s'éteignaient au cours d'un même été.

Et pourtant, cette édition-ci me semblait autre. Quelque chose d'essentiel avait changé. Naturellement, les diverses machines catapultaient les filles hurlantes encore plus haut et plus vite à travers le vide que l'année dernière, et un parcours sur les montagnes russes coûtait fameusement plus qu'il y a 360 jours. Mais ce n'était pas l'essentiel. Ce que je veux dire, c'est que cette kermesse nous parlait soudain plus de l'avenir que du passé. C'était une kermesse qui se méritait elle-même, qui était justifiée, parce qu'on avait, tout bonnement, quelque chose à fêter.

N'avais-je pas la berlue, les familles de migrants ne chargeaient-elles pas à contrecœur leurs camionnettes, se préparant à revoir au Maroc leurs proches de moins en moins proches, une grand-mère laissée au pays qui ne devait pas savoir, pour sa tranquillité d'esprit, qu'il était difficile de survivre en Europe? Et n'était-ce pas une illusion d'optique, les habitants d'ici n'avaient-ils pas mis tout à coup des bacs à fleurs devant leurs fenêtres? Ils avaient *osé* mettre des bacs à fleurs devant leur fenêtre? Car il est à parier que ceux qui s'étaient un jour donné la peine d'enjoliver leur façade et donc également le voisinage avec du coloré et du vivant avaient dû aussitôt s'en mordre les doigts. Beaucoup de jeunes chômeurs, et ils étaient nombreux dans cette ville, pensaient, en s'attaquant aux bacs à fleurs et aux abribus, détruire leur propre ennui. Quelques courageux persistaient dans leur rôle de citoyen apportant sa pierre à la beauté, ils s'armaient d'une brosse et d'une ramassette et replaçaient immédiatement un nouveau bac à fleurs. Mais je n'ai jamais rencontré de citoyen poussant la volonté ou la naïveté jusqu'à replacer une troisième fois un bac à fleurs. Nous pouvions donc nous féliciter de la présence de soucoupes paraboliques, autrement beaucoup de nos façades auraient eu un aspect encore plus désolant. Mais voici qu'apparaissaient l'un après l'autre des bacs à fleurs dans le paysage urbain; on n'en croyait pas ses yeux.

Les agences de voyages inventaient des publicités de plus en plus agressives, jetaient des prix réduits à la tête

des gens, ajoutaient des babioles gratuites, afin de doı
une injection aux réservations en chute libre pour juıuct,
le mois où leur chiffre d'affaires annuel plafonnait ou
s'écroulait. (Injection : un mot à la mode, utilisé par les
pauvres bougres qui se traînaient de salle de réunion
en salle de réunion.) À l'opposé, les prix des chambres
d'hôtel à Bruxelles, avec ou sans étoile, montaient en
flèche, atteignant des hauteurs vertigineuses. Les céleris
des petits jardins ouvriers du Laarbeekbos durent faire
place à un terrain de camping improvisé, et celui que
sa conscience n'étouffait pas et qui voulait tirer profit
de cette étrange situation baptisait sa buanderie Bed
& Breakfast et la louait à prix fort au flot toujours plus
volumineux de pèlerins.

Et après tout, si notre ville allait devenir pour un
moment le nombril du monde, pourquoi aurions-nous
passé nos vacances ailleurs ?

Par hasard, et contrairement à nos habitudes, Véronique et moi n'avions pas encore planifié de voyage pour
cet été. Probablement, chacun de notre côté, avions-nous
craint de ne pas survivre en tant que couple aux vacances,
le ver était dans le fruit depuis un an. Nous étions las
l'un de l'autre. J'avais commencé à calculer à combien de
moi-même j'avais renoncé pour continuer à me fondre
dans ce tout formé de nous deux. Dire que seule la
commodité nous tenait ensemble serait trop brutal, mais
il était indéniable qu'une curiosité pour d'autres modes

de vie s'était faufilée dans mon esprit, l'herbe semblait plus verte en face. Nul besoin d'être un psy pour savoir que la probabilité de tomber follement amoureux(se) du premier (de la première) venu(e) était plus grande que jamais. Ça valait pour elle comme pour moi.

Le voulais-je?

Parfois, oui! Mais…, et c'était l'essentiel : parfois non!

«Tu es trop tourné vers toi-même et on te le pardonne», m'avait-elle dit un jour, et elle n'était pas la première partenaire à mettre ça sur le tapis. «Tu n'as jamais connu de père, toujours seul avec ta mère… Qui aurait pu t'apprendre la sociabilité?»

Les vacances de Véronique étaient à présent aussi en question. Trois semaines sans sonneries de téléphone, échéances ou mailbox qui déborde. À peine désintoxiquée de cette routine, elle allait devoir regagner sa boîte à bureaux.

Pour fêter le début des vacances, nous avons étendu nos jambes sous une table du resto Le Tournant, commandé des bulles italiennes et fait semblant d'étudier la carte, sachant très bien que nous allions tous les deux prendre les ris de veau. Avec des amandes effilées, on pouvait imaginer des combinaisons moins appétissantes. L'absence d'un projet de voyage allait faire l'objet d'une discussion et ça me rendait nerveux. Je savais qu'elle souffrait à l'idée qu'une vie humaine ne suffit pas pour admirer toute la croûte terrestre, et même ne fût-ce qu'un quart de celle-ci. Il y avait des déserts qui, d'après elle, l'attendaient. Elle avait encore des chemins de montagne à gravir, des forêts à renifler, des singes-écureuils à caresser. De mon côté, j'avais déjà pris ma décision : je voulais rester à Bruxelles cet été, maintenant que cette ville avait retrouvé de façon complètement inattendue sa foi en elle-même, vivait une renaissance, et que les couloirs des métros, qui, au premier flairement, semblaient sentir un peu moins la pisse, étaient égayés par les fanfares du Grand Jojo, Coco van Babbelgem et autres bardes populaires à moitié oubliés.

Mais je ne me préparais pas à être applaudi à l'annonce de mon projet personnel de vacances. Sans être un expert en prophétie, je me disais que Véronique allait sans doute partir en voyage sans moi. Les couples aux idées larges trouvent ça normal, le mariage n'est pas une prison, on doit chacun accorder sa liberté à l'autre en tant qu'individu. Mais j'étais suffisamment pragmatique pour savoir ce que cette liberté signifiait en réalité.

« Nous n'avons encore rien réservé pour cet été… »

Elle n'avait pas eu l'air indignée ni déçue. Elle le disait comme une sobre constatation. Nous n'avions encore rien réservé, point barre.

« Juste. Tu avais une destination en vue, toi ?

— Eh bien, il y a évidemment tellement de lieux à voir. On n'est jamais au bout.

— Ça c'est vrai.

— Et toi ?

— Je ne sais pas. Je pensais peut-être…

— … tu aimerais pour une fois rester à la maison ?

— Ben oui… tu sais… l'appartement de ma mère doit encore être vidé. Tant qu'il reste des affaires là-bas, on doit continuer à payer le loyer. De une. Et de deux, Bruxelles pour le moment est si, je ne sais pas, si convivial que ça me semble dommage de l'échanger contre une plage ou n'importe. Comment dire… la kermesse… toute cette affaire du Christ… »

Un poids tomba de son regard. Elle avait pensé exactement la même chose, mais n'osait pas le dire.

Les conjectures ont aussi parfois leur bon côté : les ris de veau étaient succulents.

Sur le chemin du retour, une quarantaine de personnes au moins nous ont souhaité le bonsoir.

Station 7

La plupart du temps, elle rêvait ses rêves sur de pires matelas. Quand elle avait la chance d'avoir un matelas. Des planchers adoucis par des journaux, des bancs dans les parcs, des boîtes dépliées dans des dépôts désertés, voilà les habituelles assises sur lesquelles elle avait dû trop souvent trouver le sommeil. Les lits du Centre de transit, par comparaison, étaient un vrai luxe. Mais une de ces douces nuits de juillet, la petite Ohanna, onze ans, dormit soudain, avec ses parents, au boulevard Adolphe-Max — l'avenue où jeunes et vieux branleurs cherchent à s'abrutir au peep-show d'un sex-shop —, dans le lit le plus cher que la ville pût offrir à ses visiteurs. La suite présidentielle d'un hôtel. 7 800 euros par nuit, soit, d'après les statistiques, cinq fois le salaire mensuel moyen par nuitée. Dans ses draps avaient précédemment dormi des cheiks du pétrole, des ministres, des magnats.

La suite faisait trois cent quarante mètres carrés, et pour réduire le désagréable sentiment de vide on avait décoré l'espace d'un énorme écran de télévision; hors proportions, de même que le quasi inévitable jacuzzi. Et si l'on trouvait la chambre laide, on pouvait, grâce aux éclairages — un système domotique sans doute —, en camoufler une bonne partie. Un majordome, spécialisé dans l'ouverture silencieuse des bouteilles de champagne, qui s'enrichissait gentiment des pourboires que lui glissaient des femmes solitaires, se tenait discrètement en toile de fond. Si les clients souhaitaient faire un tour dans le monde sur lequel donnaient leurs fenêtres au triple vitrage, une Jaguar avec chauffeur se tenait à leur disposition. Et parce que même une vie confortable peut vous faire suer, les hôtes disposaient pour se laver d'une douche à jets multiples.

Ohanna avait été sélectionnée par les Affaires intérieures pour accompagner le Christ durant Son séjour en ce bas monde. Officiellement parce qu'il était fort probable, étant donné son origine et ses dons linguistiques innés, que sa grammaire se rapprochait de l'araméen ancien. Qu'elle eût été choisie de préférence, entre autres, aux postulants juifs friands de cet honneur tenait sans doute beaucoup à son âge. Encore une enfant, en tout.

«Laissez venir à Moi les petits enfants!» Une phrase dont plus d'un collaborateur ministériel se souvenait qu'elle fut prononcée par le Seigneur, ou plutôt: croyait s'en souvenir, car les tentatives pour retrouver cette fameuse citation dans la Bible furent abandonnées dès la première pause-café. Mais le choix d'une enfant ne pouvait faire de mal, demandez donc aux publicitaires. Les enfants peuvent être d'épouvantables emmerdeurs, mais une fois ce détail gommé, l'image d'un enfant est si commode comme symbole de l'innocence. En outre Ohanna avait un petit minois charmant, idéal pour illustrer un calendrier de l'Unicef, le mois de mai par exemple. On n'aurait pu mieux montrer au Christ combien on se préoccupait en Belgique des désarmés, des étrangers; Lui aussi avait été un enfant, désarmé et étranger, au point même que Sa mère avait dû Le mettre bas dans une étable, comme s'Il était une petite merde qui devait être expulsée à l'abri des regards et de l'odorat de tout un chacun.

Cette sélection offrait à Ohanna et ses parents un avenir — un miracle divin — qu'ils n'espéraient plus. Mais la grande responsabilité dont on chargeait la fillette était lourde pour ses frêles épaules. Il fallait qu'elle s'acquitte de sa tâche avec brio, sinon elle et le reste de la famille serait reconduits illico en avion vers leur misère. Pas étonnant que la pensée de cette besogne ne la lâchât pas une seconde, elle s'éveillait et s'endormait en y pensant, et même durant son sommeil, ses rêves l'y conduisaient. Ses parents comptaient sur elle. Le pays comptait sur elle, l'Union européenne, le Vatican peut-être aussi. Que voulez-vous? Elle devait faire son boulot à la perfection, c'est-à-dire montrer au Fils de Dieu Bruxelles telle qu'elle était, comme elle la connaissait et l'avait ressentie : la ville où un quart de la population est pauvre comme Job, où un tiers des enfants, eh oui, un tiers, grandissent dans des familles sans un seul revenu du travail. Où un malade sur quatre repousse le recours aux soins de santé parce que mourir est moins cher que guérir. Elle devait Lui montrer la ville un matin lorsque les jeunes découragés se présentent sur le marché de l'emploi, se pressent, beaucoup trop nombreux, devant les fenêtres du bureau d'intérim, tous chasseurs des mêmes petits jobs merdiques, sachant très bien que trente pour cent d'entre eux ne verraient jamais la couleur d'une fiche de salaire. Jamais. Elle devait montrer les écoles, dont les jeunes sortent trop tôt et sans diplômes, n'ayant plus aucune foi en la valeur de ce genre de chiffon couvert de signatures. Leurs pères avaient pourtant tellement insisté sur l'importance d'un diplôme — ils avaient beau eux-mêmes en avoir un... sans être plus avancés pour autant.

Ohanna eut de la chance ; dans son rêve elle se trouve sur le perron gris de la gare du Nord, un quartier qu'elle connaît bien. Jésus descend d'un wagon couvert de graffitis, deuxième classe, comme on pouvait s'y attendre, dans les relents d'oignon frit provenant d'une baraque à boudins voisine. Elle Le reconnaît aussitôt : « Bienvenue, Jésus-Christ, Messie, Fils unique de Dieu, à Bruxelles, la capitale du royaume de Belgique, capitale des communautés flamande et française, centre administratif de l'Union européenne, quartier général de l'Otan, et hautement honorée par Votre visite», exactement comme elle l'a appris par cœur. Là-dessus elle Le prend par la main — Il laisse faire — et ils prennent ensemble l'escalator vers le déprimant couloir central où le matin, au buffet, les alcooliques cachés apaisent leur soif criante d'alcool en avalant à la hâte quelques cannettes de pils avant de disparaître derrière un écran d'ordinateur, et où le soir se répète ce rituel, jusqu'au moment où ils ont puisé suffisamment de courage dans leur soûlographie commune pour entamer l'abrutissant trajet en train vers la maison et reprendre le fil de leur mariage soporifique. Un peu plus loin, des chiffres et des lettres indiquent avec un bruit de crécelle les heures de départ et les destinations. Non, ce n'est pas vrai, il n'y a plus de danse crépitante des chiffres depuis que des tableaux informatisés à lampes LED annoncent aux voyageurs les retards. Mais dans les têtes des impatients ça cliquette et crépite encore comme au temps où la première locomotive expulsa furieusement sa vapeur. Il est midi : dans les buvettes, des bouteilles de plastique éjaculent leur mayonnaise sur des petits pains remplis de fromage et de jambon pour ceux qui doivent expédier leur repas tout en marchant. Leur agenda leur aboie d'avancer toujours, rompez! et en avant, marche! gauche, droite, gauche, droite, au point qu'ils ne s'aperçoivent pas que le Christ marche devant eux.

Dans le rêve d'Ohanna, c'est l'hiver, tant mieux, car de la sorte elle peut Lui montrer combien le hall de la gare est rempli de mendiants, transis de froid, et le menu qu'ils se composent à partir de ce que les poubelles ont à leur offrir. Les Tziganes enveloppés dans des couvertures élimées, trompés par leur enthousiasme pour cette destination qu'on leur avait présentée comme humainement digne ; les errants qui louvoient, bourrés d'alcool, des fantômes en fait, car depuis longtemps crevés et putréfiés administrativement, puant de toute leur crasse encroûtée. Elle Lui présente Mariette, la madame pipi de la gare, si gentille de mettre à la disposition des sans-abri ses deux cuvettes de WC rémunératrices. Et Il décore aussitôt Mariette de Sa bénédiction.

Ohanna prend Jésus un peu plus fermement par la main et L'entraîne — en rêve, tout est possible, faut en profiter — dans les pensées des nombreux passants ! Et là ils découvrent la conviction qu'aucun de ces semeurs de gale n'a finalement besoin d'une aumône, nous sommes dans un pays doté de tout l'équipement social nécessaire, celui qui *veut* être aidé *reçoit* de l'aide ; en définitive, ces losers dorment dans la rue parce que c'est là leur libre choix personnel. Les bébés qui dans les bras d'une maman d'allure misérable font appel à la compassion de ceux qui mettent tout simplement leur progéniture à la crèche pendant leurs heures de travail sont en vérité de vrais bébés, mais loués à un service mafieux de prêt qui a compris qu'une escarcelle agitée par une main de mère sonne mieux. Ils rencontrent en passant les convictions que ces vagabonds sont déposés à leur poste de mendiant le matin en taxi, une Mercedes noire, et rembarqués le soir par ce même véhicule. Ils font partie d'une firme bien organisée et extrêmement lucrative, le commerce de la misère, et en vérité, en tant que citoyen soumis à l'impôt, faut être fou de suer encore la moindre goutte pour un employeur, quand on voit ce que l'on peut ramasser comme fortune en restant bêtement assis sur son cul dans un hall de gare.

Quittant ces considérations ils sortent et pénètrent dans la ville sous sa coupole de smog. Un accordéoniste tente en jouant de se dégeler les doigts, regardé avec dédain par des créatures nées plus proprement que lui mais incapables de reconnaître un *do* à l'octave. Cet accordéoniste, c'est toute l'humanité qui ressent le fait d'être regardée. La plupart du temps il est simplement nié — un désœuvré — et son chapeau reste vide. Mais ceci est un rêve, et on regarde l'homme.

Ensuite, les choses s'activent un peu dans le rêve d'Ohanna, plus d'effervescence, et elle embarque dans un bus qui l'attendait rue du Peuple : un city-bus rouge pétant, affrété pour des touristes avares de leur temps. Les clés de contact sont là. Jésus monte sur l'impériale et Ohanna conduit l'engin, elle est elle-même étonnée de savoir le faire. Elle slalome entre les automobilistes klaxonnant, montrant le poing ou agitant leur majeur dans les éternels bouchons du ring intérieur. Et comme la mer un jour s'est ouverte pour le Seigneur, tous les feux de signalisation tournent au vert devant eux.

Dans la rue Van-Gaver, elle prend le microphone : « À votre gauche, mon Seigneur, Vous voyez des filles trompées, appâtées par l'Occident, par la promesse du respect des droits humains, et échouées ici, rejetées sur le rivage comme le bois d'épave d'un bateau que plus personne ne recherche. Pour survivre elles laissent tout un chacun trifouiller dans chacun de leurs trous. À Votre droite Vous voyez juste la même chose. »

Elle Le conduit dans la rue Bodeghem et Lui fait sentir la serge rêche mais pourtant bienvenue de l'Armée du salut. Elle Lui montre les taudis des Marolles, des maisons où la mérule se porte mieux que les humains ; le parking payant au Botanique parce que les SDF font là leur sieste sous le moteur encore chaud d'une voiture qu'on vient de garer. Ensuite, elle guide le Bon Berger vers le morne canal dont le fond est ensemencé des corps de nombreux désespérés et le long duquel est brassée la fameuse gueuze, le boulevard du Neuvième-de-Ligne, port d'attache d'un centre pour demandeurs d'asile et, en cette qualité, le boulevard peut-être le plus connu de Bruxelles, mondialement.

C'est là que le rêve se transforme soudain en cauchemar. Jésus arrache Son masque et se révèle être un fonctionnaire contrôleur de la ville. Il rugit : « Ha, tu pensais pouvoir montrer au Christ une image dénaturée de Bruxelles ? Tu n'as pas dit un mot de la splendeur du pavillon chinois, pas une syllabe sur la puissante maison Delune, les bâtiments Horta, la majesté du parc du cinquantenaire, toutes nos richesses accumulées sur le dos de ceux que nous avons massacrés dans nos colonies, pas un mot sur nos chocolatiers, nos frites, les magasins chics de la place du Sablon… » Plus Ohanna regarde la trogne furibonde de l'imposteur, plus elle est sûre qu'il s'agit du diable en personne, un rôle qui selon certains sied très bien à un fonctionnaire contrôleur, après tout.

« On te remercie pour services rendus, tu n'es plus d'aucune utilité pour ce pays, ta chambre au Centre de transit 127 est prête. »

Ohanna se réveilla en sursaut, trempée de sueur. La douche multijets tombait à pic.

Station 8

Les timbres belges excellent en deux thèmes : le portrait du roi et les petits oiseaux ; de préférence ces pauvres petits oiseaux hivernants avec lesquels le citoyen lambda peut facilement s'identifier, ce qui ne fait pas de mal au commerce de mangeoires en bois.

En plus des timbres-poste, la tête de Sa Majesté occupe les écrans de télévision le soir du nouvel an, quand il lit à ses sujets sa lettre de nouvel an. Il laisse de plus en plus souvent à son fils la tâche de couper des rubans, afin que celui-ci connaisse à temps les ficelles du métier de chef d'État. Afin de modeler sa tête à la taille de la couronne et ses fesses à la forme des coussins du trône. Malgré le fait que l'on entend de plus en plus souvent les oiseaux de mauvais augure chuchoter que la fin de cette nation est proche et que la dynastie entière va bientôt changer de crèche, quitter le palais pour un taudis.

Toute ma vie j'ai lu sur les murs le slogan BELGÏE BARST (Crève, Belgique), barbouillé sur nos briques publiques par des gens qui se sentent confortés par la force de conviction de l'allitération. Mais la Belgique n'a toujours pas crevé, malgré les efforts de nombreux tagueurs. Elle a survécu à cinq réformes fondamentales de l'État, enduré de nombreuses crises identitaires et existentielles, elle s'est battue dans deux guerres mondiales, elle a supporté divers mouvements séparatistes…, pour finalement conserver plus ou moins la forme dans laquelle elle avait été coulée par Philippe le Bon quatre siècles avant la fondation factuelle de la Belgique. La Belgique est l'hypocondriaque de la géographie : l'État qui, croyant ne plus en avoir pour longtemps, n'investit qu'à contrecœur en lui-même, et qui, comme il continue vaille que vaille à exister, est devenu une nation essoufflée courant éternellement après elle-même.

Bien sûr que la Belgique allait un jour cesser d'exister pour être remplacée par quelque chose dont l'éternité serait tout aussi peu garantie. Longue vie n'est donnée qu'aux éponges, et même elles doivent tôt ou tard dépérir.

Et c'est ainsi que, depuis un certain nombre d'années consécutives, nous marquions d'une main hésitante sur le calendrier la célébration de notre fête nationale (le 21 juillet, eh oui, le jour où notre premier roi — un Allemand — prêta serment en 1831 avec une légère répugnance).

Que le Christ eût planifié Sa venue le jour de notre fête nationale était évidemment aussi une épine au pied de ceux qui cultivaient la haine de la patrie et fut considéré comme un geste maladroit de la part d'une Toute-Puissance qui n'avait pas à se mêler de la politique terrestre. Même si l'*Homo sapiens* n'était pas une erreur de fabrication de la Création, le Rédempteur n'avait pas à prendre Son malin plaisir sur le dos des structures étatiques de Sa progéniture. Les républicains se montrèrent subitement très versés dans la Bible et marmonnaient que le choix de Jésus ne procédait pas tant de Sa sympathie pour la Couronne belge que du contraire. Car tout comme Il avait à l'époque astucieusement fait remarquer à Ponce Pilate que le vrai roi avait Marie pour généreuse mère nourricière et avait grandi entre les copeaux d'un charpentier qui n'était pas Son géniteur, de même le Christ se penchait maintenant sur les bouches d'égout de Bruxelles pour attirer l'attention du roi des Belges, à la fois porteur de la grand-croix de l'ordre de Malte, grand maître de l'ordre de Léopold II, chevalier de l'ordre danois de l'Éléphant, sur sa complète incompétence en tant que souverain...

Bla, bla.

Et encore une fois : bla.

Mais même si on avait des objections idéologiques concernant la monarchie comme régime politique, que l'on trouvait moyenâgeux que le sceptre revînt à quelqu'un qui l'avait bêtement hérité, on ne pouvait se départir de l'idée qu'il était hors de question de dénuder la couronne ou déshonorer le blason — on avait beau frémir d'horreur à l'idée des gigantesques dotations englouties annuellement par les tomates des serres royales pour entretenir rien de plus qu'un symbole, on reconnaissait volontiers que le souverain était probablement un chouette bonhomme. Je dis « probablement », parce qu'on ne connaissait pas le bonhomme, naturellement. Celui qui veut apprendre à le connaître doit aller habiter une région inondable ou survivre à une catastrophe ferroviaire. Mais bon, en admettant que la première impression ait gagné en crédibilité grâce à une vie richement remplie de contacts humains, on avait alors plutôt tendance à affirmer que notre souverain à nous était quelqu'un de bonne compagnie.

Si je peux parler pour moi-même : moi, je n'aurais pas la moindre objection à aller casser la croûte avec notre roi. Il est au fond, si je peux juger de son caractère, un bon type tout à fait ordinaire, un type comme vous ou moi qui, chez lui, trempe en cachette ses doigts sales dans la lèchefrite. Un joyeux tartufe, habile à chiper des bonbons (pas vu pas pris), à créer des occasions pour boire un verre de vin de plus. Un homme affecté d'une telle constipation que souvent, lorsqu'il quitte la toilette, l'encre du journal a imprégné ses genoux. Bah, au contraire des bardes, nos poètes auront à immortaliser notre roi sous les traits d'un petit monsieur doté de défauts sympathiques, d'une provision de blagues quelque peu osées pour le moment du pousse-café, d'un appareil auditif et d'un taux trop élevé de cholestérol. Un type qui avait fait quelques accrocs au contrat de mariage et ressentait des remords pour le chagrin causé à sa femme, la reine, qui fut jadis mannequin mais s'était depuis considérablement craquelée. Mais que le roi fût quelqu'un qui n'allait pas nous faire affront auprès du Christ, là, tous les membres des commissions réunies au prieuré de Val-Duchesse étaient tombés d'accord juste avant que l'on serve la crème brûlée.

Vous voyez, ne fût-ce que pour des raisons pratiques, ça semblait à tout un chacun de loin plus simple de fêter ensemble et le Christ et notre roi temporel. Si les cortèges en l'honneur des deux suivaient le même parcours, nul besoin d'interdire au trafic un trop grand nombre de rues du centre-ville, et on disposait alors d'encore suffisamment de parcmètres pour récolter des sous. C'est ainsi qu'il fut décidé que la part du lion des festivités aurait lieu le long du parcours utilisé traditionnellement pour le défilé militaire du 21 juillet : place Poelaert, rue de la Régence, le Sablon, place Royale. Le Christ pouvait par exemple — ce n'était qu'une première esquisse — être conduit dans une cabine de verre blindé jusqu'à la tribune d'honneur de la famille royale. Quoique l'on pût se demander si, avec une dette publique de 296 milliards d'euros, il était judicieux d'investir gros dans la sécurité d'une Personne qui jouissait de la vie éternelle. Bien sûr que non. Un attentat sur le Messie était bien la chose la plus ridicule qu'un terroriste pût imaginer. Donc, allez houp, une deuxième esquisse : le Christ en chaise à porteurs, la Sedia Gestatoria papale, oui, c'était plus majestueux, conduit jusqu'au roi, et ne l'oublions pas, Ohanna. Ou à califourchon sur un petit âne, on disait qu'Il y excellait. Et de la sorte les deux illustres pourraient regarder ensemble le cortège de la chair à canons marchant au pas, *fraternelle et prête à mourir d'une mort héroïque*, suivi par une procession d'échassiers, comme pour persuader qu'il y avait encore une vie après une jambe arrachée. L'harmonie de la gendarmerie, fondée pour prouver que l'auteur d'un procès-verbal connaît aussi le solfège, entamerait un hymne au bombardon, avec dans son sillage : les majorettes du Moha. Par-dessus les têtes des nombreux invités voleraient les F-16 en formation, formant une croix, par exemple. Si la tradition était respectée, ce serait ensuite un détachement de la police locale, composé d'une Volkswagen Jetta de la zone de police de Saint-Trond et d'une modeste Skoda de la zone La Louvière, qui traverserait la capitale. Suivi d'un détachement de la police fédérale paradant dans la Peugeot 807 du Service Support Canin et l'Opel Vivaro du labo de la police judiciaire de Tournai. Pour réveiller le Seigneur, on pourrait ensuite tirer de bruyants feux d'artifice, sur de la musique d'église à fond la caisse, évoquant une scène théâtrale de l'Ancien Testament. Encore une fois, une simple suggestion.

C'était clair, il y avait encore du boulot de réflexion sur la planche.

Peut-être aurait-on intérêt à tendre les deux oreilles vers une agence spécialisée dans l'organisation d'événements ?

Alors que le contenu du programme était encore dans une phase exploratoire, l'annonce du parcours provoqua une explosion de joie au parc de Bruxelles, où les fans du Seigneur les plus acharnés avaient installé en masse leurs petites tentes, et je ne sais si je dois comparer cet espace surpeuplé à une prairie le jour d'un festival rock ou à un camp de réfugiés au Darfour. Et dire que toute cette hystérie avait commencé par une petite vieille dans son fauteuil pliable sur le trottoir. Des cabines sanitaires furent amenées, mais elles ne pouvaient absorber suffisamment vite de telles quantités, et ce n'était pas très agréable pour les gens chaussés de sandales. Il était préférable de déposer le résultat de sa digestion dans un buisson, bien que les plantations de buissons dans le parc fussent bien trop éparses pour offrir pendant plus d'une semaine un abri aux milliers, non, aux dizaines de milliers de fidèles en besoin. L'homme qui très vite allait être connu sous le nom de Zachée et qui était grimpé dans un des nombreux arbres du parc, résolu à ne plus quitter son superbe poste d'observation, se faisait monter de la nourriture et des bouteilles d'eau par des bénévoles de la Croix-Rouge et chiait sans honte dans son froc pour la commodité. La branche sur laquelle il était assis devait représenter en ce moment particulier le nec plus ultra pour tout agent immobilier et aurait sans aucun doute rapporté un multiple de ce que les habitants des flats à Monaco, par exemple, encaissent en louant un mètre carré de balcon les jours où la Formule 1 traverse en trombe ce paradis fiscal. Heureusement, des petites guinguettes avaient brusquement poussé partout, vendant des frites, des escargots, des hot-dogs… *the usual suspects*, et l'odeur qu'elles répandaient guerroyait contre les relents d'ammoniaque.

Les vacances : cette sensation flottait constamment dans l'air.

Station 9

Ce fut cet été-là qu'est venue s'ajouter à mes rituels matinaux l'habitude de faire une petite promenade le long de quelques kiosques à journaux et de m'offrir le plaisir de voir combien mon port d'attache magnétisait l'attention des médias de par le monde. Bruxelles ornait la une des magazines internationaux. Pas un journal ne quittait l'imprimerie sans avoir sacrifié à nos curiosités nationales. Tuyaux secrets pour le gourmet, petites adresses pour touriste accro du shopping, le charme du tram 44 qui avait pour terminus le Spoorloos Café, nuitées alternatives pour ceux qui n'avaient pu obtenir de chambre d'hôtel ou qui trouvaient les quelques chambres encore disponibles trop chères, les établissements où la bière authentique avait le plus beau faux col… des thèmes sur lesquels aucune rédaction ne faisait l'impasse. *The Times* avait pour la énième fois dans sa riche histoire fait de Jésus-Christ sa couverture, mais, pour la première fois, en visiteur de la Grand-Place de Bruxelles, qui est, avouons-le en laissant de côté tout chauvinisme aveugle, une des plus belles places de toute la croûte terrestre. Sombre et morose, mais belle. Le nombre d'Américains qui prenaient Bruxelles pour la capitale de la Bulgarie a dû plonger jusqu'au niveau zéro et, si quelqu'un devait être reconnaissant à Jésus pour autant de publicité gratuite, c'était bien les offices du tourisme de la ville. Chaque jour j'achetais deux journaux étrangers, montrant chacun un monument bruxellois en une, écrits de préférence dans une langue dont je ne comprenais pas une syllabe. Pour les conserver. Moi qui m'étais toujours moqué de Véronique lorsqu'elle collectionnait des souvenirs, remplissant des albums de tickets de concert, de cartes de métro, de mèches de cheveux, de billets, de coupons d'embarquement.

J'étais sur le pas de notre porte avec sous le bras le *Helsingun Sanomat* et le *Tokyo Shimbum* lorsque mon voisin du dessus m'a tapé dans le dos en disant: «Eh bien, le néerlandais ne vous suffit plus pour vous informer?» Et cela d'un petit ton si informel que l'adresse «vieux frère» aurait pu précéder sa remarque. Le côté étrange de cette scène était que mon voisin n'avait jamais auparavant usé ses cordes vocales pour moi. Dans le meilleur des cas, il levait légèrement le menton en signe de salutation, et à ce moment il avait toujours ressemblé très fort à un phoque, mais lorsqu'il voulait éviter tout contact visuel, il gardait dans sa poche ce petit signe de tête. Que son nom était Antoine, je le savais parce qu'il se trouvait sur la sonnette, parce que le facteur avait un jour mis abusivement son courrier dans ma boîte aux lettres, et parce qu'une femme une nuit à trois heures du matin s'était mise à hurler son nom dans la cage d'escalier, suivi de l'ordre: «Laisse-moi rentrer et prendre au moins mes vêtements!»

J'ai lâché: «Les épluchures de pomme de terre ne savent pas lire!» Plutôt faible comme réponse, je sais, mais raisonnablement adéquate, vu la situation.

Il m'a demandé ensuite si j'étais en vacances.

J'ai dit oui.

«Et la femme avec qui tu vis aussi?»

Oui, Véronique aussi.

«Ça vous dirait de venir ce soir manger chez moi?»

Dans cette ville, comme dans beaucoup de villes, on peut vivre sous le même toit, autour de la même cage d'ascenseur, sans se connaître. En cas d'explosion de gaz, Antoine et moi serions à déplorer dans le même registre de deuil, les annonces de nos décès seraient imprimées sur la même page de journal et la probabilité était grande que nous resterions voisins au cimetière communal jusqu'à la fin de nos concessions. Mais ce destin était trop insignifiant pour que nous nous sentions liés par lui. Sa voix, je ne la connaissais jusqu'alors que telle qu'elle traversait les murs, et voilà qu'il s'adressait à moi, enfilant une phrase après l'autre, et m'invitant par-dessus le marché à venir manger chez lui. En vérité, ce furent de folles journées.

Pour être honnête, ça ne m'avait jamais dérangé d'être fondu dans la masse et j'avais souvent préféré l'anonymat de la ville à l'art de l'hypocrisie que les villageois doivent maîtriser pour persévérer bon an mal an dans leurs salutations réciproques.

Bon, je suis un citadin de souche, les seuls lapins que j'aie jamais vus étaient dépiautés et portaient un code-barres sur les cuisses, ça joue certainement. Mais je trouvais très inconfortable la perspective qu'un voisin suive des yeux ma promenade. Si, au cours de la préparation d'un repas, je constatais que je n'avais plus de beurre de cuisson, je n'allais pas frapper à la porte du voisin pour demander si je pouvais emprunter une noix de beurre («Dix grammes suffisent, je te les rends sans faute demain»), j'improvisais plutôt un autre plat avec les restes de la veille. Je faisais au besoin de nécessité vertu, enfilant mon manteau et allant m'offrir une petite bouffe — du stoump à la saucisse au Café de l'Opéra, et un grand verre de gigondas. Que dis-je? Une carafe! Car oui, si j'ai dit plus tôt dans cette modeste chronique que, de tous les liquides, je ne parvenais à avaler que la bière et le café, eh bien, vous savez maintenant que je ne disais pas toute la vérité. Enfin, du beurre, le gigondas… en résumé: un homme pourrait espérer se retrouver à l'improviste sans beurre de cuisson. Mais les bons voisins sont ceux qui font vraiment de leur mieux pour exister le moins possible les uns pour les autres, je suis une fois pour toutes partisan de cette opinion.

Six petites heures plus tard, par manque d'une bonne excuse, je franchissais avec Véronique le paillasson de quelqu'un qui avait partagé avec nous l'intimité de sa toux nocturne, que nous entendions régulièrement tirer la chasse, et je ne pouvais pas m'empêcher — parfaitement — de me louer d'avoir fait plus ample connaissance avec mon colocataire, ce qui me permettrait entre autres de sortir en pantoufles, de boire quelques verres de trop, tout en me sachant à deux pas (en rampant) de chez moi.

Oui, au début j'avais trouvé ennuyeux que la musique soit de plus en plus souvent stockée de façon invisible dans un fichier, un iPod ou quelque autre support. Ça me privait du luxe de me tenir devant un tourne-disque ou un lecteur de CD, prêt à entrer dans le vif. « Oh, tu as entendu ça ? » ou « Fameux, hé, celui-ci. J'en suis aussi fada. Je l'ai encore vu l'année passée *live* avec son groupe à l'Ancienne Belgique... Comment ? Tu étais là aussi ?... » Ce genre d'amorce, donc. Le même sort attendait les livres. Des bibliothèques entières tenaient dans une puce de la grandeur d'un ongle ; pour suivre le parcours intellectuel de quelqu'un il fallait de plus en plus souvent allumer un ordinateur. Dans ma vie, dans sa première partie, la plus malléable, faire plus ample connaissance s'était toujours passé devant des rayonnages de livres ou de disques et je souffrais cruellement de manque, la nouvelle technologie me privait de ce brise-glace, de ce point de repère social et intellectuel. Je me suis donc planté devant la fenêtre pour voir quasi exactement la même chose que je voyais de ma propre fenêtre. J'ai dit, pour dire quelque chose, le regard tourné vers la ville affairée : « On ne peut tout de même pas se plaindre de l'endroit où l'on vit. » Mais Antoine a pris la balle au bond et en un tournemain nous étions en conversation sur les nombreuses bénédictions de notre quartier : les cinémas, les magasins de BD, l'excellent filet américain de Joseph Niels et le prix fâcheusement triplé que l'on en demandait, hélas, les temples de la musique, les théâtres, les galeries d'art, les faucons qui couvaient sur la tour de la cathédrale, le récit des rêves d'Ohanna que nous lisions dans nos gazettes, le musicien des rues qui s'était niché depuis déjà cinq semaines dans le métro Madou et y avait fait montre d'un tel talent que nous trouvions injuste que cet homme sentant le rollmops ne pût pas fouler les planches du Cirque royal…

Ça m'avait aussi soulagé qu'Antoine eût simplement ouvert un sachet de chips pour accompagner l'apéro. Je trouvais toute cette vogue de baptiser une feuille de chicon trempée dans la mayonnaise « fingerfood » beaucoup trop snob ; j'avais rarement la sensation d'être entouré d'honnêtes gens lorsque j'entendais parler de nourriture en termes sophistiqués. Pour moi, les zakouski sont restés de simples pointes de tartines, je préfère un amuse-gueule à une tapa, et un smoothie n'est rien d'autre qu'un concombre pressé jusqu'à la pulpe. Et alors ? C'est une question d'honnêteté ; quelqu'un qui tente de dissimuler la simplicité d'un petit hors-d'œuvre derrière des mots à la mode n'hésitera sans doute pas à se tartiner lui-même d'une couche mensongère de langage. Dès lors, j'ai salué la déchirure burlesque de ce sac de chips comme la preuve cordiale que notre voisin souhaitait vraiment apprendre à nous connaître. Sans nos masques, je veux dire.

Des chips au sel, il n'en existe pas de meilleures.

Pendant le repas — un classique oublié : poulet, compote de pommes, et il faut que j'arrête d'écrire sur la bouffe parce que la salive coule entre les touches de mon clavier — l'idée m'a semblé toute naturelle que la venue prochaine du Christ avait pour but de focaliser l'attention sur Son message eucharistique. Rassembler des gens autour d'une cruche de jus de raisin et un morceau de pain, un noble but en vérité et, selon ma modeste conception de la Bible, la quintessence du Nouveau Testament. Ce fut peut-être l'effet du vin (une bouteille et demie par personne, il y a de quoi développer toutes sortes de conceptions), mais je saisissais soudain la signification de cette exaltante petite phrase que l'on demande aux voix d'enfants de chanter avec douceur dans les églises tuberculeuses ; la petite phrase : « *Car dans le vin et le pain, de la mort je me libère.* » Moi aussi, petit communiant de six ans, dans les minutes précédant la déception du goût cartonneux de l'hostie, j'avais mis tout mon enthousiasme dans ce chant et lancé à pleine gorge vers le jubé chaque syllabe de mon missel comme si ma vie en dépendait. Je n'en comprenais pas un seul mot. Et attention : aujourd'hui non plus je ne comprends pas un traître mot de ce chant. Je ne vois pas en outre ce qu'il y a à comprendre à tout ce verbiage. Mais là, à table chez Antoine, rongeant une cuisse de poulet, si ! Encore une fois, le vin, s'agit d'en tenir compte.

Ça me met mal à l'aise aujourd'hui de raviver le souvenir de ce moment, et je trouverais mille fois préférable de nier la chose. Mais en taisant cet événement, je ne ferais pas justice au devoir d'illustrer cette période pleine d'espoirs. Donc, allons-y : je n'ai pas pu m'empêcher de réciter cette fameuse phrase à la table de notre hôte. À haute voix, oui. Comme cette femme l'autre jour qui avait récité tout haut une phrase dans le tram. Je me l'entends encore dire : « *Car dans le vin et le pain, de la mort je me libère.* » Content d'avoir réussi à sauver un fragment de texte de l'oubli. Véronique a posé sa fourchette et m'a regardé. Je pouvais m'estimer heureux que personne ne se fût étranglé dans sa compote de pommes. Mais avant d'avoir pu déplorer mon geste impulsif, et encore avant d'avoir pu me préparer à encaisser le rire moqueur de Véronique, j'entendais celle-ci compléter à ma place. « … *Et le ciel tend la main à la terre.* » Et nous voilà tous les trois chantant la chanson entière autour de la carcasse d'un poulet. Et je veux dire chanter à pleine voix. «*Seigneur, Seigneur, prends ceci, prends-moi, prends mon cœur, prends mon esprit.*» C'était une chanson plutôt gaie, mais oui. Ou du moins la mélodie avait-elle été écrite par un compositeur insouciant. Je ne sais si elle est encore aujourd'hui enfoncée à coups de bélier dans les petites têtes de la nouvelle levée d'agneaux à catéchiser. Mais les gens de mon âge, qui ont appris le *Je vous salue Marie* avant d'apprendre l'alphabet, connaissent cette chanson. C'est même un jalon musical de notre vie. Plus j'y réfléchis, plus je trouve invraisemblable que je me sois mis à chanter des joyeux chants liturgiques avec mon voisin, avec qui je n'avais jamais échangé un mot jadis. Comme ces ados catholiques fanatiques dans les camps religieux qui psalmodient au coucher du soleil, réunis dans leur fierté de ne pas faire l'amour avant le mariage. Nous en étions là. Jamais plus je ne pourrai manger du poulet-compote sans me rappeler ce moment complètement dingue.

Si Véronique et moi avions suivi le déroulement normal de notre calendrier, nous aurions été en ce moment même quelque part très loin, avec ou sans moustiquaire autour de la tête, dans un pays qui nous offrirait la sensation d'être voyageurs plutôt que touristes. Nous aurions eu à cœur, comme d'habitude, de quitter le plus vite possible la ceinture de commerces autour de l'hôtel pour nous plonger dans la vie de ce qu'on prétend appeler :

les gens ordinaires. Si lors de notre séjour dans un pays nous n'avions pas passé au moins une soirée avec un autochtone, quelqu'un qui n'avait rien à voir avec le tourisme, pour nous, ça ne valait pas le prix du ticket d'avion. Comme tous les globe-trotters présomptueux et les acheteurs de guides de voyage soi-disant alternatifs, nous n'avions pas de plus grande ambition que de quitter les sentiers battus. Mais de quel droit avions-nous durant tous ces voyages d'été poursuivi l'authenticité? Ne nous rendions-nous pas coupables d'une forme de snobisme lorsque au Kenya nous étanchions notre soif d'histoires en écoutant les récits d'un tresseur de panier anonyme alors que nous n'avions même pas réussi à dire bonjour à notre voisin le plus proche?

Et voilà, aujourd'hui nous étions bel et bien restés à la maison et nous vivions notre authenticité. Nous écoutions un bonhomme, informaticien de profession, semblait-il, porteur d'une carte de membre d'un club de squash, facile à persuader de jouer une partie d'échecs et que l'on pouvait dès lors trouver fréquemment penché au-dessus d'un échiquier au fameux café Greenwich, débauché en amour, et assassin.

Parce que j'imaginais qu'il venait de raconter une blague et que je voulais cacher que je ne l'avais pas comprise, je me suis mis à rire.

Il était temps, disait-il, de confesser cette vilaine tache de suie sur son âme. Bien entendu, la venue du Très-Haut l'avait amené à réfléchir. Le remords lui avait déjà souvent joué des tours, mais cette fois-ci il ne pouvait plus remettre à plus tard ses aveux. Ça devait sortir! Il avait perdu confiance en l'Église, ce qui n'étonnait sans doute personne, et il avait décidé de confesser son affreux péché à un proche; pour Dieu, ça ne faisait pas de différence.

J'ai demandé: «De quoi parles-tu?

— J'ai assassiné ma femme!

— Celle qui une nuit dans la cage d'escalier, toute nue…?

— Tu ne la connais pas, ça date de pas mal de temps et j'habitais ailleurs à l'époque… Elle me travaillait sur les nerfs, c'est vrai. Mais le divorce existe naturellement pour contrer le meurtre. Enfin, voici ma confession: j'ai étranglé une personne, je l'ai mise dans la baignoire, puis j'ai mis le feu à la maison. Jusqu'à présent, j'ai injustement profité de la compassion des amis et de la famille qui partagent mon deuil d'avoir perdu ma femme dans des circonstances tragiques. Je reçois encore chaque semaine des coups de fil de mes ex-beaux-parents qui déplorent le fait que leur fille soit morte sans leur laisser une kyrielle de petits-enfants…»

On peut s'attendre à beaucoup de choses lorsqu'on est invité à manger quelque part pour la première fois, mais ce scénario, «dîner aux chandelles chez un Judas bourré de remords», dépassait mes fantasmes. Je trouvais dommage de n'avoir moi-même rien de sérieux sur la conscience, afin de rendre tout ça un peu plus convivial.

En fait, j'aurais trouvé pratique d'avoir moi aussi à avouer quelque chose. Si pas un meurtre, au moins un car-jacking, par exemple. Mon dernier vol, hélas, concernait un bâton de chocolat de la marque Raider. Et je l'avais déjà confessé, il y a quarante ans, à une époque où personne n'aurait osé prétendre que la marque Raider allait cesser d'exister, dans le confessionnal de l'église Notre-Dame-du-Finistère, à un curé qui d'après moi s'était endormi. Donc, voilà, nous ne pouvions que remercier notre voisin pour sa franchise et la confiance qu'il plaçait en nous.

«Tu n'as jamais pensé à aller voir la police?» Véronique, et sa question courageuse mais pertinente.

«Les prisons sont surpeuplées, tu le sais bien. Ici à Bruxelles, on peut vider le chargeur d'un revolver sur un autobus en marche et en sortir avec un bracelet électronique et une session chez un psychologue. Et imagine que le juge veuille tout de même rétribuer mon crime par un lit de camp dans une cellule, j'en deviendrais meilleur? Tous les gardiens le disent: on entre dans la prison en malfaiteur, on en sort en gangster. Mon Juge Intègre est en chemin. Je suis prêt pour Lui. *Sooner or later God's gonna cut you down.*»

Et parce qu'il déclamait cela si solennellement en anglais, j'ai pris pour argent comptant qu'il tenait ça de l'une ou l'autre chanson.

Des jours dingues, je le répète.

Station 10

Il faut bien accepter l'idée qu'aucun embryon n'a voix au chapitre quant à son lieu de naissance définitif. Être bruxellois et belge n'est pas un mérite, et pour être honnête je me suis toujours méfié des gens qui arborent leur nationalité comme un label de qualité, un signe distinctif qui leur revient parce qu'ils ont tout bonnement été choisis pour voir le jour en un lieu aux coordonnées géographiques nobles.

Je suis ce fou inoffensif qui rêve doucement d'un monde sans nationalités, sans drapeaux. Un monde sans passeports, comme c'était encore le cas avant la Première Guerre mondiale. Un monde sans argent, ça aussi. Et si je mets tout cela bout à bout, je dois reconnaître, je le crains, que je rêve *sensu latiore* d'un monde sans êtres humains. Attention, je me sens bien dans mon superbe biotope belge, entouré de choses et de valeurs qui me sont chères : les boulettes liégeoises, le droit à la liberté journalistique et artistique, les asperges à la flamande au mois de mai, le fait qu'ici plus une seule femme enceinte d'un enfant non désiré ne se voit obligée d'avorter dans les wécés à l'aide d'une aiguille à tricoter sale, le délire cycliste qui se répand partout lorsque s'annoncent au calendrier les courses du printemps, l'existence d'un filet de sécurité financier pour les sans-emploi… Mais je ne me revendique pas du pouvoir d'une éducation, et pas davantage du pouvoir d'une culture. Si j'étais né au centre de la Papouasie, je vanterais le confort d'un étui pénien ! Sans doute. D'ailleurs, si je devais passer un examen en tant que Bruxellois, où l'on me servirait un morceau d'authentique fromage maigre bruxellois, soit le *ettekeis* (une flaque puante, si vous voulez tout savoir, une chose qui ressemble au dégueulis frais d'un chien agonisant, mais une friandise selon d'autres), eh bien, je serais recalé à cet examen. Je pourrais raconter à mes examinateurs que ce fromage à l'aspect de méduse échouée est fabriqué rue de la Potence, *what's in a name*, et rappeler d'autres curiosités concernant ce produit du sadomasochisme culinaire, mais en avaler une bouchée comme preuve de mon origine : non, plutôt mourir ! C'est le genre de chose dont on dit qu'il faut « apprendre à en manger ». Et ça en dit long.

Mais c'est précisément parce que j'ai une telle aversion pour les échafaudeurs de barricades qui se réclament de leur origine que j'ai toujours trouvé plaisant d'être belge. Car belge, on a toujours su l'être avec verve sans éprouver le besoin de se définir en tant que tel, et ce à travers toute notre histoire tricolore. Un pays où l'on ne se croit jamais obligé d'être un grandiose interprète de l'hymne national. Où personne ne se montre vraiment soucieux de chanter sans bavures le tralala national. Nos trois langues vernaculaires officielles y sont peut-être pour quelque chose. On en vient vite à une sacrée cacophonie lorsque tout un troupeau célèbre la patrie chacun dans sa propre langue au même moment. À quelques exceptions près, je n'ai jamais eu l'occasion d'entendre le moindre chat miauler le texte intégral de notre hymne et c'est une bonne nouvelle. Aux occasions de plus en plus rares où notre équipe nationale réussit à se qualifier pour un championnat, lors de la cérémonie protocolaire précédant la défaite, nos joueurs tout comme leurs supporters se contentent d'un fredonnement malicieux. Ou encore remplacent-ils les paroles par «la la la». Oui, on «lalate» massivement la brabançonne et ça m'a toujours paru de pure logique de se prononcer sur nous-mêmes en ces termes dadaïstes. Croyez-moi, je me suis toujours félicité d'être citoyen d'un petit royaume dont l'hymne national a pour texte officieux «la la la la la la la la la la la… la la la». Ça pétille d'allégresse. Et c'est tout de même d'une autre tenue que lorsque nous jodlions que notre patrie peut à tout moment revendiquer le sang de nos veines, comme le livret original l'exigeait de ses exécutants.

Les Italiens appellent à se rassembler en cohortes

prêtes à mourir. Les Arméniens crient à gorge déployée que la mort est la même pour tout le monde, mais que seul est heureux celui qui donne sa vie pour son pays. Les Chypriotes se comparent volontiers au sabre dont la simple vue fait trembler tout un chacun. Une joyeuse pagaille en perspective lors des prologues officiels d'événements sportifs internationaux. Donnez-moi plutôt notre sympathique la la la, qui lui au moins ne sent pas la guerre.

La la la, sans frites c'est la cata.

(Pour le dire avec une apocope.)

Une fois de plus, je me suis senti pris de sueurs froides lorsque soudain les Nordiques de ce pays, massivement, se sont bel et bien mis à connaître par cœur les paroles de leur hymne régional et qu'ils profitaient de la moindre occasion pour le chanter. Suffit d'un peu réfléchir : chaque fois qu'au cours de l'une ou l'autre histoire on observe un crescendo dans le gazouillis d'un hymne national, l'humanité se trouve sur le point de prouver une fois de plus qu'en ce qui concerne son niveau de civilisation, il n'y a pas de quoi se vanter. Les guerres commencent plus souvent par des chansons que par des détonations. Je pouvais à peine croire que ces types prospères du Nord, avec tout leur luxe et leur confort modernes, embrassaient, corps et âme, un compositeur obsolète en braillant les hauts faits d'un lion métaphorique. Ce lion ; il déchire, détruit, écrase, couvert de sang et de boue, et triomphant ricane sur le corps tremblant de l'ennemi. Un texte raffiné, bravo. Et pourtant, de plus en plus de partis politiques terminaient leurs congrès ou discours électoraux par ce chant. Je ne pouvais que ressentir de la honte à leur place, lorsque je voyais des adultes, des compatriotes, des contemporains se perdre dans cette rhétorique folkloriste. Et pour compléter ces accès de kitsch patriotique, ils agitaient à tout propos leur drapeau, qui est un vilain drapeau, conçu par un daltonien, jaune criard et noir, montrant un lion fébrile, toutes griffes dehors, avec lequel s'identifie apparemment la partie si satisfaite de soi de la population, prête à se détacher en tant que nation de satisfaits entre eux. Celui qui voit ce drapeau pour la première fois jurerait qu'il s'agit d'un drapeau de pirates, fabriqué par des enfants pas encore trop grands pour cette épopée pleurnicharde, et qui se doivent de protéger leurs cabanes perchées et leurs campements secrets par des symboles qu'utilisent les livres de garçons pour exorciser l'ennui des grandes vacances. J'ai trouvé ahurissante la vitesse avec laquelle ce ridicule était couramment accepté. Pratiquement personne ne semblait troublé par ce culte délétère du sang et du sol, aucune angoisse. Et celui qui l'était se voyait traité de traître à son peuple. Quelqu'un qui crachait dans la soupe. Du goudron et des plumes lui étaient destinés dans le courrier des lecteurs et toutes sortes de trous d'égout virtuels pour une opinion sur internet. Donc: *Malheur à celui qui*, et je reprends ici le refrain de toute cette clownerie, *traître sans vergogne, caresse le Lion pour mieux l'assassiner...*

Pariade d'un peuple devant le miroir.

Tout le mécanisme propre à dresser les uns contre les autres des grands groupes de gens était mis en route. On était de la partie. On regardait.

Maintenant, je dois reconnaître en toute honnêteté que le jacassement communautaire s'est quelque peu apaisé ces derniers temps. Jusqu'au moment où la question s'est posée : avec quel hymne allait-on accueillir le Messie sur le tarmac (car on n'en démordait toujours pas, Il allait atterrir à l'aéroport de Zaventem ou Melsbroek, quand ce ne serait que pour honorer notre célèbre industrie du tapis en traînant Ses sandales sur un demi-kilomètre de tapis rouge). À la connaissance de tout un chacun, le ciel n'a pas d'hymne officiel. Mais les flamingants, avec leur mémoire entraînée par d'innombrables jeux télévisés, se sont soudain souvenus de la troisième strophe de la chanson du Lion flamand, une strophe où l'on raconte combien la bête de la jungle depuis des milliers d'années se bat pour la liberté, le pays et Dieu — *et* Dieu, mais oui —, et ont proposé de L'accueillir au son des rengaines boursouflées de ce cantique témoignant la sujétion.

Ça ne débordait pas de convivialité, comme accueil, bien sûr, de se proclamer soi-même objet d'un *Jubilate!*, et heureusement on s'accorda rapidement sur ce point au centre nerveux organisationnel de Val-Duchesse.

Pressé par le temps et tourmenté par un mépris entretenu pendant des années pour le littéraire, on se vit contraint de faire appel à la population. Les poètes du dimanche de toutes les provinces furent priés de s'asseoir confortablement sur leurs deux fesses et de réfléchir à un texte chanté qui pourrait servir de paroles de bienvenue. Les auteurs professionnels pouvaient naturellement aussi étaler leurs talents, pour une fois qu'ils pouvaient être de quelque utilité à la société. Mais beaucoup parmi eux, mécréants quasi par définition, s'étant par le passé exprimés à maintes reprises à coups de non-sens subversif, les ministres rassemblés trouvèrent plus sympathique de prêter la plume au citoyen lambda. Non seulement plus sympathique, mais plus en harmonie avec l'événement. Toutefois, et ils voulaient mettre l'accent là-dessus, la compétition était ouverte à tout le monde, tous les citoyens du pays, indépendamment de leur langue, leur couleur, leur religion ou quoi que ce soit. Des propos particulièrement utiles pour ne pas se mettre à dos les avocats du Centre pour l'égalité des chances et des mouvements contre le racisme, c'était évident pour tout le monde. Mais bon, la chanson de bienvenue… Les candidats devaient tenir compte de la dignité de l'hôte d'honneur et manier dès lors une langue à la hauteur. Étant donné le caractère festif de la chanson, une construction en strophes avec refrains faisait partie des recommandations. Et il fallait compter avec les masses, rarement intelligentes. Ainsi : les mots devaient inciter à chanter spontanément en chœur et il valait donc mieux qu'ils soient bien compréhensibles pour la créature la moins douée par Mère Nature. L'auteur pouvait éventuellement, dans son choix lexical, jouer avec le timbre des voyelles — une voyelle se chantait plus facilement qu'une autre, un i était par exemple plus corrosif pour les cordes vocales que, disons, un a — mais l'on devait toutefois être conscient que beaucoup serait perdu dans la traduction. Car là aussi on avait décidé : le texte serait traduit dans toutes les langues du pays, même en latin *et* en araméen par les étudiants les plus forts en thème de l'Université catholique, ce qui signifiait que les amateurs de néologismes partaient plutôt perdants. Le poème pouvait avoir une certaine longueur, quoiqu'il ne parût pas nécessaire de mettre la patience du Christ à l'épreuve avec un cycle de sonnets, et un haïku pouvait par contre montrer que nous n'avions pas grand-chose à Lui dire. Tous les envois devaient se faire sous pseudonyme, les droits d'auteur appartiendraient à l'État, il n'y aurait aucune communication avec le jury (qui devait encore vite vite être constitué) sur les résultats du concours et tous les poèmes devaient avoir atteint la boîte aux lettres de la Bibliothèque royale Albert Ier avant le 15 juillet (le cachet de la poste faisant foi, en espérant que la Poste n'en soit pas à sa énième restructuration sauvage pour épuiser encore plus le personnel en le payant encore moins, car celui-ci alors allait se mettre en grève et chacun pourra aller porter lui-même sa missive à Bruxelles).

Le nom du gagnant serait directement rendu public le 17 juillet au journal télévisé du soir de toutes les chaînes publiques et celui-ci recevra, en plus de l'honneur et de la renommée médiatique, une rue à son nom. En fait, il y en avait encore une que l'on avait oubliée jusqu'au jour d'aujourd'hui, une ruelle de pavés anonyme, une rue menant nulle part, adjacente à la rue de la Révolution, et surtout populaire auprès des adultères cachottiers et des hommes dotés d'une petite vessie.

La mélodie serait confiée à, ben, on ne savait trop à qui, mais en tout cas à un professionnel, oui, du moment que sa composition soit transposable pour chœur, carillon, bombardon et orgue de barbarie.

Un nom de rue, une illusion d'immortalité ; il n'en fallait pas plus pour pousser la population à rimer. La Vanité avait beau être considérée par le pape Grégoire Ier comme un péché mortel, mon ambition craintivement cachée pendant des années de forger un jour quelques phrases inoubliables se laissa sortir du bois. Véronique aussi se rappela avec plaisir qu'elle avait toujours obtenu ses meilleurs points en rédaction et, pour le sport, tenta sa chance. D'après le site web qu'elle consultait pour trouver des rimes, on trouvait pour Christ : whist, et puis les centaines de mots en -iste. Elle griffonnait des mots sur un sac à pain et s'essayait à quelques petites phrases.

D'ailleurs, n'entendions-nous pas notre voisin, l'assassin, taper sur une vieille machine à écrire ?

106

Quel utopiste!

J'aurais trahi un manque d'autocritique si je m'étais accroché à l'idée d'un triomphe littéraire, mais tellement de surprises étaient tombées du ciel ces derniers temps qu'une de plus ne m'aurait pas étonné. Donc, oui, malgré les vers de mirliton que j'avais envoyés, je comptais quelque part en toute naïveté sur la multiplication des miracles et le 17 juillet, tout comme beaucoup d'autres, j'étais pendu aux lèvres d'Ophélie Fontana, la présentatrice de corvée du journal. J'ai entendu notre voisin aussi monter le son de sa télé et, quand j'ai regardé par la fenêtre, j'ai été frappé par le calme régnant dans la rue. Le poème gagnant de bienvenue au Seigneur, disait Ophélie après un compte rendu de la treizième étape du Tour de France et un avis de transfert dans le monde du foot, montrait de l'attention pour les sujets qui tenaient à cœur au Christ Lui-même. Les faibles. Les rejetés. Les éclopés. Il en appelait à l'amour du prochain et à la solidarité, à la convivialité, l'amour et la justice. À tel point que les maîtres fouineurs de la brigade d'enquête avaient flairé le danger. Et apparemment non sans raison. Le poème gagnant, envoyé sous le pseudonyme Freddie Freeloader, était un plagiat. Ou plutôt une enfilade de morceaux en vrac, copiés sur des ouvrages de référence, à la bibliothèque socialiste Aurora de l'avenue Jean-Volders. Pour ne froisser personne, malgré tout, on avait décidé de ne plus faire état de cette consultation populaire — avec des excuses sincères envers tous ceux qui avaient accompli un vain effort — et d'accueillir le Christ en toute simplicité par les paroles qu'Il avait lui-même enseignées à Ses apôtres : le si reconnaissant, implorant, prêchant et accueillant *Notrepère*, chanté par une sélection de sacristains virtuoses, soutenus par la capacité pulmonaire de la fanfare Cramique.

« Impliquer le peuple dans les festivités ? Mon cul, oui, nom de Dieu ! » Voilà ce que j'entendis retentir dans notre cage d'escalier. Et je me suis rendu compte que ça faisait des jours, si pas des semaines, que je n'avais plus entendu jurer. Et combien la saveur bourguignonne des jurons m'avait manqué.

Station 11

Vider l'appartement de ma mère s'est révélé plus pénible que je ne m'y étais attendu. J'avais trouvé très inconvenant de fouiner dans ses tiroirs, d'ouvrir ses armoires et de décider de ce qui devait filer à la poubelle et de ce qui pouvait jouir d'un sursis dans l'oubli. Ça me répugnait de fourrer son linge dans des sacs, de prendre en main ses chapeaux et de me demander purement pour la forme si je n'allais pas en garder un en souvenir. Car je savais pertinemment que je n'aimais aucun de ces chapeaux. Et je n'avais pas chez moi de coffre à remplir avec des déguisements.

« Je ne suis mort que si tu m'as oublié », chantait jadis un chanteur dont c'était devenu le tube, et tout le monde disait à l'époque, quand cette chanson est sortie : « C'est ça qu'on doit jouer le jour de mon enterrement ! » Il est possible que le rappel soudain de cette fameuse chanson ait eu quelque chose à y voir, car bien qu'aucun souvenir matériel n'eût pu ramener ma mère, j'avais tout de même

le sentiment que chaque fois que je jetais un objet à la poubelle je la faisais mourir un peu plus.

J'ai enlevé les batteries de ses quatre pendules murales ; ce n'était pas un geste symbolique, mais leur tic-tac me tapait drôlement sur les nerfs.

Les tiroirs de ma mère : remplis de nappes festives pour le monde qu'elle n'a plus invité ces derniers vingt ans, de batteries de réserve pour toutes ces pendules murales grinçantes, d'enveloppes, de morceaux de sucre et de spéculoos qu'elle escamotait en douce vers son sac à main dans les salons de thé comme une pauvresse sortie tout droit d'un manuscrit oublié de Charles Dickens, il y avait aussi une boîte de timbres-poste datant de l'époque où le franc belge existait encore ; elle avait rempli ses tiroirs de mouchoirs du dimanche, de télégrammes de deuil de personnes dont plus un seul chien ne se souvenait. Dans son armoire de cuisine, j'ai trouvé l'un dans l'autre une trentaine de verres, alors qu'elle buvait toujours dans le même et unique verre : le plus simple, garni d'un col de calcaire déposé par l'eau du robinet.

Il y avait peut-être encore des bières dans le frigo ? Le frigo devait lui aussi être vidé, n'est-ce pas ? Il fallait bien que je commence quelque part mon grand nettoyage. Une bonne chose d'ailleurs d'avoir eu maintenant plutôt que dans trois semaines cette idée rafraîchissante. La moisissure sur les fromages était déjà une horreur. Bleue, verte, duveteuse. On aurait pu dire : voilà vraiment un truc pour les gourmets, comme on en trouve parmi les fanas de l'*ettekeis*.

Qui aurait eu en ce moment l'aspect le moins appétissant : ma mère ou les fromages qu'elle avait laissés à son seul héritier ?

L'inertie guettait. Je me suis laissé tomber dans le fauteuil de ma mère et j'ai regardé dehors, j'ai regardé la vache. Dans le même état de solitude où ma mère avait toujours vécu, comme tant de petits vieux dans les grandes villes. Se souvenir, rien d'autre ne se présentait à moi dans cet espace. Jusqu'au moment où toutes les chambres seraient vides, où j'aurais refermé pour de bon cette porte derrière moi et remis les clés au propriétaire, et où j'allais aborder le monde en orphelin pour le temps qu'il me sera donné d'y séjourner. Et, afin d'en finir avec sa vie, j'avais beau m'échiner à remonter du puits de l'oubli le maximum de beaux moments avec ma mère, il n'en venait aucun.

Impuissant à faire un tri parmi ses possessions (aucun vase, aucun châle auquel je pouvais m'attacher), j'ai pris la décision de ne pas faire du tout de tri. Tout pouvait partir. Absolument tout. La brève douleur de l'adieu. Et je me suis empressé de sortir pour me retrouver sur le trottoir, où tout le monde me souriait gentiment et disait bonjour, où personne ne faisait semblant d'être pressé, où personne ne craignait que je les assassine si je leur adressais la parole, et j'ai demandé si quelqu'un était intéressé par une armoire de cuisine gratuite, un matelas, une poêle à frire, une cafetière…

Les oiseaux appellent leurs camarades en pépiant lorsque des miettes de pain sont signalées dans un jardin. Les gens étaient en train de faire le tamtam par texto depuis un bon moment déjà. En un rien de temps, l'appart de ma mère devint la maison du Bon Dieu. Un va-et-vient de familles qui avaient plus de mal que les autres à survivre, souvent parce qu'elles s'étaient reproduites un peu plus que d'autres, et qui pouvaient encore montrer de la reconnaissance pour des serviettes de seconde main ou une vieille table d'appoint. Dans la salle de bains, des femmes passaient des peignoirs, des hommes habiles démontaient le lit, décrochaient les lustres et s'aidaient mutuellement pour descendre par l'escalier les pièces trop lourdes. Si elle l'avait su, ma vieille, que ses vête-ments seraient encore portés par des Marocaines, des Congolaises, des Ouzbèkes, des Afghanes ; ses draps uti-lisés par des couples venus de régions fuies et pourtant profondément regrettées ! Et si j'essayais de me représen-ter le visage de ma mère contemplant le partage de son mobilier entre tous ces gens qui à l'époque lui inspiraient tellement de crainte, je ne pouvais qu'arborer sur ma trogne un sourire amusé. Je reçus les sincères condo-léances d'hommes et de femmes que je ne connaissais jusqu'alors qu'en tant qu'ombres silencieuses glissant à travers le paysage asphalté que nous partagions. Je fus remercié pour ma générosité et invité à prendre le thé.

Fertiles sont les jours où l'on se fait des amis.

C'est avec juste une petite remorque bien pleine que je me suis rendu à la décharge de la rue du Rupel. Moi qui m'attendais à de nombreux après-midi de trimbalages, à de nombreux transbordements d'armoires démolies jusqu'au moment où mes vertèbres me rappelleraient mon âge. Je m'étais de façon inattendue acquitté de cette foutue corvée en quelques heures et j'avais fait du même coup le bonheur de plusieurs familles.

L'appartement était vide, un chapitre était clos.

Combien de chapitres me restait-il?

Véronique a téléphoné. Comment les travaux avançaient-ils? Et si j'avais déjà écouté la radio?

«Les travaux? Tais-toi!» Je criais. «Tu n'en croiras pas tes oreilles, mais l'appart est vide. Le proprio a les clés, la garantie est remboursée, tout est terminé. Les rideaux de ma mère sont très probablement sous la machine à coudre d'une ménagère zélée qui en fait des taies d'oreiller. Ses petits tableaux sont sans doute ôtés de leurs cadres pour être remplacés par des photos d'enfants très bronzés. C'est fantastique, non?»

Elle a répété: «Tu as écouté la radio?

— Qu'est-ce qui se passe à la radio?

— Les nouvelles. En fin d'après-midi, les services d'ordre vont commencer à fermer le centre de la ville. À partir de ce moment, plus aucune voiture ne pourra entrer ou sortir. Une mesure de sécurité. Une ville libre d'autos devrait leur faciliter la tâche et, de plus, ils se méfient des voitures piégées. Donc, essaye de revenir à temps ou, qui sait, tu ne pourras peut-être plus regagner ton propre quartier...

— Pourquoi je ne pourrais plus regagner mon propre quartier? Je suis de Bruxelles, c'est écrit sur ma carte d'identité.

— C'est justement le problème, tu as laissé ton portefeuille sur la table du salon. Tu es en route sans papiers, mon chéri. »

Elle a dit *mon chéri*, cette affreuse expression, et je n'en éprouvais aucun malaise.

« En plus, ça fait déjà un bon mois que nous roulons dans cette bagnole sans attestation du contrôle technique! »

J'ai allumé l'autoradio et j'ai effectivement entendu quelqu'un qui résumait une longue énumération de voies d'accès à Bruxelles, sur le ton que l'on peut entendre chaque jour de semaine pendant les heures de pointe sur Radio Vivacité. Ensuite, le présentateur s'est penché sur une dépêche qui venait d'arriver, une macabre découverte dans le cloître de Courtrai, où les nonnes s'étaient pendues toutes ensemble aux poutres du grenier. On pouvait imaginer la scène: tous ces habits noirs se balançant au plafond avec dedans des nonnettes en train de se décomposer. Ça donnait aussitôt l'envie de peindre un tableau. Nature morte avec nonnes.

Dans cette dépêche, il s'agissait bien entendu des sœurs d'un ordre qui avait défrayé la chronique il n'y a guère. Leurs cornettes de dentelles avaient récemment inspiré nos caricaturistes lorsqu'on apprit qu'il y a quelques décennies ces épouses du Seigneur avaient massivement abusé des orphelins qui étaient sous leur entière responsabilité. Des garçons, devenus depuis des hommes à problèmes, obligés de s'accroupir sous les jupes aux relents de renfermé, dans le noir, et là de lécher la zézette barbue de Mère supérieure jusqu'à ce qu'elle s'arrête de trembler. Des fillettes de huit ans brutalement déflorées par les doigts de sœur Clémentine — pieusement croisés une seconde plus tôt — et sévèrement punies si elles pleuraient. Le témoignage de l'un d'eux, abîmé pour la vie, avait donné le courage aux autres abusés de sortir leur passé de sous le tapis. La boule de fumier s'était mise à rouler. Une avalanche d'horreurs dégringola la vallée de lait et de miel, les journaux à sensation n'eurent momentanément plus besoin des amours des célébrités de la télé.

Aussitôt après la diffusion dans l'éther de ce suicide collectif, partout autour de moi les automobilistes se sont mis à klaxonner joyeusement et à se saluer, comme si nous avions tous été en train de suivre dans nos voitures le compte rendu passionnant d'un match de foot et que nos Diables rouges avaient marqué à la toute dernière seconde. Ce furent les jours, les rares jours, où l'on klaxonna gaiement et de conserve sur l'autoroute.

Le suicide des nonnes — ce lâche mea-culpa, fait à bon compte au moment de la venue du Christ, dont elles craignaient que ce serait le jour du Jugement dernier, l'Implacable Événement prédit depuis longtemps — fut une source de joie rassemblant tout un chacun, très étrange, et c'est dommage que la nouvelle n'ait pas été diffusée juste après la tombée du jour, car ce sentiment de justice enfin rendue aurait sans aucun doute poussé plus d'un à ajouter à la lumière des pléiades les éclats d'un feu d'artifice.

Mais en effet, à hauteur de la place Sainctelette, toutes les autos ont dû se rabattre sur le côté et les conducteurs montrer leurs papiers. Je n'avais pas envie de jouer la petite scène classique ; d'abord mettre sens dessus dessous la boîte à gants pour dire ensuite avec un visage épouvanté : «Tiens, c'est bizarre, mes papiers n'y sont pas.» Les policiers connaissent, ils en voient quotidiennement de nombreuses versions. J'ai donc avoué directement que je roulais sans mes papiers. Et que j'avais également oublié d'apporter la voiture au contrôle technique. L'agent, défiguré par une monstrueuse tache de vin en plein visage (si ç'avait été un test de Rorschach j'aurais dit : la carte des Pays-Bas !), avait l'humeur d'un amoureux et ne semblait pas du tout enclin à faire un drame de quoi que ce soit. « Pas de raison de ne pas vous croire. Bien sûr que vos papiers sont en règle », dit-il, et son haleine puait le mauvais tabac, ce qui du coup me fit ressentir moins de compassion pour sa tache. « Et ce contrôle technique, ben oui, si vous l'avez oublié, vous l'avez oublié, c'est tout. Ce n'est pas un crime d'oublier. Vous y mettrez rapidement bon ordre, j'en suis sûr. »

Je l'ai remercié pour sa gentillesse.

« De rien. Aujourd'hui, tout le monde est gentil et poli envers la police. Du coup, c'est plus facile d'être nous-mêmes gentils. Bientôt nous n'aurons plus de boulot, ha. Imaginez-vous. »

J'ai pu rentrer en ville avec la voiture. Mais uniquement dans le but de la garer devant ma porte et ne plus y toucher jusqu'au matin du 22 juillet. Jusqu'alors, le centre de Bruxelles serait sans autos, exactement comme cet unique dimanche de septembre où nos enfants peuvent goûter au plaisir villageois de faire une partie de foot sur le macadam et nous, cracher la suie qui s'est accumulée durant toute une année dans nos voies respiratoires et faire du vélo ou patiner d'un air triomphal dans les tunnels sinueux de la petite ceinture. Après quoi les services d'urgences ont tellement de fractures et de contusions à traiter qu'ils implorent le retour immédiat de la Reine Auto dans nos rues.

Je suis rentré en ville, ma ville, où tous les quartiers profitaient de l'apathie du trafic pour organiser des barbecues en pleine rue. Des filets de volley-ball furent tendus par-dessus toute la largeur de certains boulevards, les habitants des côtés impairs contre les voisins des côtés pairs. Les femmes nettoyaient leurs vitres, les hommes rafraîchissaient les façades ou accrochaient des banderoles aux gouttières : « Salut Jésus, Roi de Bruxelles. » Les rues embaumaient les freesias, pas un mégot de cigarette en vue sur le trottoir. Même les rabbins de la Grande Synagogue de la rue de la Régence, où, d'après certains, les nouvelles lois passent bien avant que la Chambre ou le Sénat ne se penchent dessus, se sont hissés sur une échelle armés d'une brosse et d'un pot de peinture, pour barbouiller sur leur mur, sabbat ou pas sabbat, la paraphrase : « Salut Jésus, Roi des Juifs. »

À la maison, Véronique avait ouvert pour moi une pils bien fraîche. Pour tout le travail que j'avais accompli.

Des jours rares. Donnez-moi une mélodie, et je vous la siffle, en polyphonie.

Station 12

Le 20 juillet s'était annoncé comme le jour où le record absolu de température du pays serait probablement battu. Il n'était même pas exclu que les températures pour la première fois dans notre histoire approcheraient de la barre magique des quarante degrés. Du même ton avec lequel ils avaient maudit l'hiver il y a six mois, les éternels enculeurs de mouches proclamaient combien ils se languissaient des chrysanthèmes gelés de novembre. Et naturellement on s'empressa de faire le rapprochement entre cette canicule et la venue du Christ, plutôt que d'expliquer cette météo tropicale par la pollution et le réchauffement du globe terrestre. Quelques-uns établirent un lien entre cette chaleur et les langues de feu de la Pentecôte dans le Nouveau Testament, un point de vue pas inintéressant en vérité, et conclurent que Jésus était déjà présent dans nos murs. On ne L'avait pas remarqué, on Le frôlait sans Le voir, mais Il était déjà là. Et comme je l'ai esquissé précédemment : on vivait une époque où la nouvelle du moindre pet était démultipliée sans la moindre vérification préalable. Chaque petite rumeur était tweetée, twittée, skypée, diffusée par e-mail, bippée à la ronde, ou encore annoncée par klaxon quand les batteries étaient plates. Et dès lors les masses se déplaçaient à travers la ville selon la chimère du moment. Quand à un moment donné, ce jour-là, le bruit courut que le Christ se trouvait dans la boule la plus haute de l'Atomium, en l'espace d'un quart d'heure un incroyable cortège populaire se dirigeait vers ce monument. Ensuite quelqu'un s'écria : « Le Fils de Dieu se trouve dans le quartier des Marolles, parmi les Siens, les pauvres et les ivrognes, les faibles et les égarés ! » et la foule de se déplacer aussitôt, comme l'air après une explosion, et au pied de notre célèbre baraque à boules il n'y avait plus un chat.

Une autre thèse qui soudain, ce fameux 20 juillet, fut chuchotée de bouche à oreille était que Jésus avait participé la veille à une tenue blanche de la loge maçonnique *Les Vrais Amis de l'Union et du Progrès réunis*, ce qui Lui avait plu particulièrement et Lui avait donné une image plus positive de l'être humain, après quoi Il aurait été proposé au vote. De toutes les bafouilles électroniques diffusées ce jour-là, j'ai trouvé celle-ci la plus belle : Jésus logeait depuis quelque temps déjà au palais Stocklet, avenue de Tervuren — souvent décrit comme le Taj Mahal du Jugendstil et utilisé par le passé pour accueillir le beau monde — et qu'en outre il y jouissait de la compagnie de Son très honoré collègue Mahomet avec qui Il passait Son temps à jouer au jeu de Risk. De pures et folles inventions, même à la lumière du miraculeux, mais n'empêche qu'en un rien de temps l'avenue de Tervuren fut envahie par des chasseurs d'autographes, et le concierge de cette perle architecturale a tremblé pour la sécurité du bâtiment.

Celui qui peut nous en dire plus long sur les dangers de l'hystérie collective, c'est le type du marché aux Herbes, un hippie de la quatrième génération, qui flânait par hasard aux abords de la galerie commerciale de l'Agora où il venait de s'acheter une petite pipe à marijuana. Évidemment, c'est compréhensible : ses sandales, son poncho et sa barbe mal taillée faisaient partie de l'imagerie favorite des illustrateurs de bibles pour enfants. Et lorsqu'un quidam a reconnu dans cette brave cloche le Sauveur et l'a fait savoir par un hurlement, les files devant les baraques à gaufres se sont évaporées et le marché aux Herbes fut aussitôt envahi par des admirateurs. C'est en vain que le garçon niait être le Fils de Dieu. Il pouvait crier tant qu'il voulait «Je viens de Hamme, j'ai étudié assistant social...», impossible de détourner le destin. De partout accouraient les enthousiastes, des Galeries Saint-Hubert, de la rue de la Montagne, de la rue de la Madeleine, de la rue des Éperonniers. Ils se jetaient sur le pauvre diable, le tiraillaient comme des malades, ils déchirèrent son T-shirt de Bob Marley, le réduisirent en lambeaux, lui arrachèrent ses sandales. Pourquoi? Pour en faire des amulettes! Et ce n'est que lorsque le jeune homme se retrouva nu comme un ver que la meute revint plus ou moins à la raison et que la foule se dispersa, reprenant sa recherche du Messie dans d'autres quartiers, laissant sans l'ombre d'une excuse le pauvre bougre en costume d'Adam sur une place estivale fleurant le sucre et la vanille.

Je me suis laissé dire que le malheureux hippie peu après cette sinistre expérience est passé aux drogues dures, qu'il a sniffé tant et plus et fichu en l'air son cerveau, et qu'il passe à présent le plus clair de son temps sur une balançoire dans le jardin d'une institution psychiatrique, persuadé de son essence divine.

Cet exemple illustre de façon très pertinente, selon moi, que les services d'ordre n'étaient pas prêts pour un tel événement et qu'ils étaient loin de pouvoir garantir la sécurité du Christ, ou de ceux qui Lui ressemblaient.

Ajoutons que notre ministre de la Défense de l'immuable gouvernement provisoire des affaires courantes était retenu à l'étranger parce que l'avion militaire avec lequel il se déplaçait (à des fins personnelles selon certaines mauvaises langues), un C130, en panne, n'avait pu être réparé à temps. On se demandait tout de même qui allait pouvoir coordonner tout le bazar, qui allait prendre une décision si jamais quelque chose tournait mal. Pour la première fois, le doute s'insinuait en moi. Était-il bien raisonnable d'être demain physiquement présent sur le parcours ? Même si les cérémonies avaient lieu à un pas de ma propre porte, il était peut-être plus prudent de les suivre à la télévision. Une chaîne commerciale avait acquis les droits exclusifs de diffusion. Il faudrait évidemment endurer tous les quarts d'heure une interruption pour les pubs de déodorants, de rasoirs pour femmes ou d'assurances auto, mais si l'on pouvait empêcher de la sorte que quelqu'un vous arrache les vêtements du corps, un petit après-midi télé était une option qui méritait réflexion. D'ailleurs, avec toute cette agitation dans nos rues ces derniers jours, encore conviviale pour l'instant, pas étonnant que j'aie de plus en plus souvent des flash-back vers ce terrible jour du printemps 1985. Nous étions jeunes et fiers parce que notre ville allait organiser la finale de la Coupe d'Europe de foot qui a disparu depuis. *Pouvait* organiser. Mais la récolte de supporters morts en bordure du terrain, trente-neuf au total, bleus, étouffés, piétinés, des pantins disloqués qui ne sautaient plus lorsque Michel Platini donnait un point d'avance à son équipe… ce sont des images qui ont marqué l'histoire de Bruxelles et des bribes m'en traversent encore souvent la tête, en particulier quand des foules envahissent nos avenues. Depuis, je sens la mort dans chaque foule.

Le journal télévisé de midi montrait des images filmées autour du Palais depuis un hélicoptère. Des pompiers aspergeant sans interruption la foule. Des volontaires de

la Croix-Rouge combattant les symptômes de déshydra-
tation, et les colis de nourriture lâchés à partir de mont-
golfières. Dans certains quartiers, les gens étaient depuis
si longtemps déjà pressés les uns contre les autres que de
temps en temps l'un ou l'autre tombait dans les pommes
et, juché au sommet de la statue *Vénus aux pigeons,* un
guru de fitness aboyait dans un mégaphone des exercices
à faire pour améliorer la circulation sanguine des spectateurs patients, tandis qu'un petit orchestre sur le kiosque
du Vauxhall violonait des rengaines appropriées.

Pour montrer combien la capitale était envahie par les
pèlerins, on avait aussi envoyé des équipes de cinéastes
dans des lieux de villégiature à l'intérieur du pays. Le
pays était vide. À Bruges, les chocolats moisissaient dans
les vitrines, les chevaux des calèches savouraient ces
vacances inespérées, les places et les canaux abandon-
nés semblaient sortir d'une reproduction de Fernand
Khnopff. Sur les digues en général si peuplées de Blan-
kenberghe et Middelkerke, pas de patins à roulettes, pas
un seul skateboard; aucune brise n'agrémentait le vol
d'un cerf-volant, pas un seul enfant regardant dépité son
cornet de glace à la fraise tombé par terre, et même les
menus poisson aux prix bradés n'amenaient pas de clientèle aux restaurateurs. Même tableau à l'est, aucun canot
ne venait frotter son ventre sur les galets de l'Amblève et
les truites se régalaient de ce que leur apportait le courant
sans craindre les hameçons. L'herbe sur les terrains de
camping ne s'étiolait pas sous les tentes, les loueurs de

chalets souffraient des pertes. Et le superbe *Portrait d'un kleptomane* de Théodore Géricault au musée des Beaux-Arts de Gand n'avait plus reçu d'admirateur depuis des jours. Le pays était vide, et ce vide lui allait bien.

En vérité, chez nos voisins aussi, la venue du Très-Haut avait eu une influence sur la vie quotidienne : la tour Eiffel avait dû s'habituer à un sérieux déclin du nombre de visiteurs depuis déjà une semaine, la haute saison pourtant, et les riverains des canaux d'Amsterdam profitaient de cette apathie touristique pour réparer leurs chalands et repêcher les cannettes de Coca.

Bruxelles étouffait. Lorsque cette marée humaine se serait retirée de Bruxelles, l'insurmontable masse d'ordures risquait de mener nos ouvriers communaux droit à la folie, pas besoin d'être grand prophète pour le prédire. Toutes les rues menant au parc de Bruxelles puaient les aisselles sales. Déjà maintenant. Bientôt on allait prier pour que le vent se lève, un vent fort, qui nous débarrasserait de cette aigre puanteur, comme l'on espérait au XIXe siècle que le vent chasse le choléra de nos rues. Mais pour le moment, tous les agendas étaient vierges après le 21 juillet, notre centre d'intérêt se limitait à cet unique jour de gloire et que cela nous soit pardonné.

Comme mentionné précédemment, les autos ne pouvaient plus pénétrer en ville depuis plusieurs heures déjà et on avait pensé à rendre gratuits les transports publics vers la capitale pour satisfaire les gens innombrables qui insistaient pour entrer, tassés devant les murs érigés à la hâte autour de la ville — c'est-à-dire leur version moderne, des barbelés. Le syndicat autonome des Conducteurs de trains ne pouvait souhaiter de meilleure nouvelle. Car s'il y avait bien un moment entre tous pour montrer clairement que la charge de travail était trop forte, que les départs naturels n'étaient plus remplacés depuis longtemps, que le système de sécurité des trains était désespérément obsolète… s'il y avait bien un jour où ils pouvaient le clamer, qu'il y avait une exaspérante pénurie de personnel et que les mesures d'économie du gouvernement minaient la qualité du transport ferroviaire et la sécurité des passagers, c'était bien aujourd'hui. Dieu comme moyen de pression ! Un travailleur salarié ne recevait pas tous les jours une telle arme dans son arsenal syndical. C'était donc simple : ils annoncèrent une grève, ce n'était après tout que la quatrième cette année.

Hélas, si le personnel ferroviaire pensait que, vu les circonstances, leurs exigences seraient immédiatement rencontrées, ils se mettaient vilainement le doigt dans l'œil. La vérité, c'était que chacun, et le bourgmestre pas moins que les autres, était super-content qu'une halte fût décrétée à l'acheminement des gens. La ville devait être fermée. Désormais, un seul pouvait encore entrer, et c'était le Fils de Dieu. En espérant qu'on Le reconnaîtra.

Les autres n'avaient qu'à faire ce qu'ils allaient continuer à faire toute leur vie sans protester : un bol de chips sur les genoux, les pieds sur un pouf, détendus, en pantalon de training, regarder la télé.

Avec le soir tomba sur la ville un calme inhabituel. Celui qui croyait avoir trouvé un bon point d'observation ne bougeait plus de son carré de pavés, dans les environs de la Grand-Place et de la Bourse régnait une atmosphère retenue. Mais dans la rue des Bouchers aux éclairages féeriques, les tables étaient bel et bien dressées, et les gourmets étaient bel et bien là ; les patrons des divers restaurants et cafés avaient renoncé à jouer leurs scènes folkloriques favorites, à savoir se chiper mutuellement la clientèle à coups de prix bradés ou de desserts gratuits. Ils regardaient les crabes et les homards, pêchés ce matin même dans une mer du Nord toute propre, c'est du moins ce qu'ils prétendaient, et pensaient peut-être en cachette à la parabole de la multiplication des poissons, ou la métamorphose de l'eau en vin. Si *ce* miracle devait se reproduire, leurs comptables retrouveraient sans aucun doute leur bonne humeur d'antan. On n'entendait plus nulle part de musique, comme si c'était inconvenant dans les heures précédant une si haute visite, et dès lors on entendait grincer les couverts sur les assiettes et l'usage d'une voix basse n'était plus réservé aux commérages. Place de Brouckère s'organisa spontanément une marche aux flambeaux silencieuse. Des flambeaux, enfin, à peine ; beaucoup de dévots tenaient à la main une petite bougie chauffe-plats, un morceau de chandelle, un bout

127

de cigare incandescent…, un tableau que l'on voyait régulièrement lorsqu'un meurtre dégueulasse incitait notre société à organiser une procession en désespoir de cause. Des gestes de détresse de gens craignant Dieu mais manquant de temps pour amender leur vie, je ne savais pas que penser d'autre de ces marcheurs.

Pour la première fois depuis que nous habitions le centre-ville, Véronique et moi avons dormi les fenêtres ouvertes, et si ce n'est que je voyais le clignotement rouge d'un panneau publicitaire éclairer notre plafond à intervalles réguliers et énervants, j'aurais juré que là, dehors, se trouvait un monde bucolique, silencieux comme à l'époque où Henry Ford devait encore naître, un monde libre de gaz d'échappement. (En outre, je ne pouvais me rappeler quand j'avais entendu pour la dernière fois une sirène.)

Après cette nuit, tout serait différent, impossible de fermer la porte de la chambre à coucher dans une autre disposition d'esprit. Le Christ allait se montrer à nous et nous ne savions toujours pas pourquoi. Peut-être pour nous présenter la facture de nos vies. Peut-être pour autre chose. Mais qu'Il avait des plans pour nous, ça crevait les yeux. Il avait pour le moins un message à nous transmettre, et alors se posait la grave question de savoir si nous, singes légèrement modifiés génétiquement, étions prêts à le recevoir.

Ma conscience m'a tenu éveillé plus longtemps que

les moustiques. Je voulais dire à Véronique «Je t'aime»,
parce je croyais devoir le dire, parce que je voulais encore
sauver quelque chose à la hâte. Mais je n'y croyais pas
moi-même.

«*Purifie-moi avec l'hysope et je serai pur ; lave-moi et je
serai plus blanc que neige.*»

Station 13

L'après-midi du 21 juillet, le jour des jours, aux environs de 14 heures. Un moment plus que favorable pour commettre aux quatre coins du pays des cambriolages. Personne n'y avait pensé. Avec tout ce dont nous disposions comme moyens de télécommunication, nous tentions de saisir un état des lieux. Pas une seule source fiable pour attester si oui ou non le Messie était déjà arrivé à Bruxelles, mais nous comprenions que la localisation précise du Christ en ce moment crucial dans notre histoire et celle de toute l'humanité ne pouvait être divulguée. Trois ou quatre personnes au plus sur tout notre globe terrestre savaient ce qu'il convenait de savoir ici et maintenant. C'est ce que je pensais, sous l'influence peut-être de quelques films d'espionnage.

L'option de suivre à la télévision les événements solennels, Véronique et moi l'avions abandonnée, la conscience historique nous a comme tous les autres jetés dans la rue. S'il était possible de voir le Christ de nos propres yeux, c'était vraiment trop bête de l'admirer à travers le regard d'un cameraman. Ce fut une franche bagarre, naturellement, pour se rendre maître d'un petit espace sur les pavés de la rue Ducale, avec vue sur les petits buis des jardins royaux, et ce fut un miracle absolu d'y avoir réussi. Au début, nous avions convoité une meilleure place, mais il s'avéra qu'elle était réservée à un groupe de patients cancéreux. Ayant perdu la foi dans la science, ils avaient arrêté tous leurs traitements et s'étaient rendus pleins d'espoir à Bruxelles, uniquement dans le but d'être touchés par la Main qui jadis rendit la lumière aux aveugles, le chant des oiseaux aux sourds, et avait délivré Lazare de sa paralysie. Pour montrer leur confiance dans l'issue favorable, certains avaient déjà planté une cigarette dans leur caboche pathétiquement émaciée.

La rue Ducale, donc. Nous y étions. Ou comme le hurlaient autour de nous des T-shirts qui coûtaient la peau des fesses : « *Jesus was in Brussels, the same day as me!* »

Mais oui, nous faisions partie de cette foule élue mais nous nous sommes aussi sentis particule lambda d'un troupeau d'abrutis quand nous avons aperçu des gens installés avec télescope et fauteuils de plage sur les toits, un bac de bières, un sac de charbon de bois et un kilo de côtelettes d'agneau à portée de main. Le bâtiment Art nouveau du magasin de confection Old England, Montagne-de-la-Cour, devenu depuis quelques années

131

un musée des instruments de musique, avait joué à fond de sa terrasse sur le toit pour attirer le public ; la grande roue du boulevard Poincaré avait gonflé ses prix mais était néanmoins remplie de canailles qui avaient commandé une carte de cinq cents tours et qui, armés de jumelles et de sacs à vomi, parcouraient inlassablement la circonférence d'un cercle. Et tout ça sans la moindre garantie de succès, car il n'y avait bien sûr aucun programme officiel.

D'où j'étais je pouvais tout juste voir la petite tente des invités d'honneur ; c'est-à-dire quand l'homme avec son gosse sur les épaules juste devant moi changeait de position pour soulager certains muscles le temps d'une pause. Le souverain avec toute sa maison, l'informateur, le formateur, le médiateur, le clarificateur, le Premier ministre de l'immuable gouvernement provisoire aux affaires courantes, le gouverneur provincial... Ils avaient l'air, pour autant qu'il fût possible d'en juger de ma place, relativement décontractés. Je dois dire que le roi en tout cas rayonnait, respirait une douce indolence, une certaine satisfaction, ce qui nous a rassérénés pour ce qui allait suivre.

Si quelque chose allait suivre.

Nous scrutions le ciel, lisions des signes de Sa venue dans tout ce qui se présentait, un papier qui voletait, un pigeon atterrissant avec élégance... Nous devions avoir confiance, n'est-ce pas, et les eaux allaient s'ouvrir devant nous.

Il était aux environs de trois heures moins le quart quand soudain l'ambiance s'anima, et malgré l'interdiction générale de circuler pour les véhicules motorisés semeurs de polluants, une deux-chevaux à carreaux rouges et blancs entama le circuit interdit en crachotant. Des filles au regard effronté, lançant des baisers avec les mains, jetaient des morceaux de salami au public, gratos, et ces bouchées fort bienvenues allégèrent quelque peu l'attente. « Pour savoir ce que veut dire vivre comme Dieu en France, goûtez le saucisson Cochonou ! »

Mais bien sûr, la caravane publicitaire ! Tout a son prix. Si cet événement pouvait être financé par le fric d'entreprises prodigues ! Si la venue festive mais coûteuse du Christ n'impliquait pas nécessairement que l'hiver prochain nous manquerions de nouveau de sel d'épandage, que nos réverbères rouillés le long de nos vieilles autoroutes ne seraient pas remplacés, pourquoi le contribuable se prendrait-il la tête parce que c'est grâce au capital dur que ce grand jour de spiritualité avait pu être organisé ? Et voilà de nouveau un char rempli de jeunes branchés, les anges de la société de consommation, et ils jetaient des petits chapeaux blancs au public avide. Sponsorisés par la marque Skoda, « voiture officielle du Paradis ». Je vais être honnête : j'ai été heureux comme un gamin d'avoir réussi à attraper un de ces petits chapeaux. Car que j'aie moi-même pensé, à la maison, à me protéger du soleil ardent — ou des rayons de l'auréole du Christ! — n'est pas vraisemblable. Je ne suis pas aussi prévoyant. Jamais été. Et pourtant un coup de soleil était bien la dernière chose que je me serais souhaitée en ce jour.

Je me rappelle encore aujourd'hui d'autres produits qui ont agrémenté la première partie de cette parade : un fabricant d'hosties, le brasseur d'une célèbre bière d'abbaye (qui hélas ne distribuait rien, le radin), un casino, des olives dénoyautées en boîtes...

Divers services touristiques avaient compris qu'une plus belle occasion de faire la promotion de notre pays ne se présenterait jamais. Toute la presse internationale était rassemblée ici, avec des téléobjectifs comme des bazookas. Toute la planète en vérité allait recevoir aujourd'hui imprimées sur sa rétine des images de ce pays, et pas parce que nous avions piqué aux Irakiens le record de durée pour former un gouvernement. Par voie de conséquence, les barons du tourisme lancèrent sur les boulevards les Gilles de Binche masqués — et, comme la saison des mandarines était encore loin, ces carnavaleux jetaient à la meute, pour changer, des pousses de navets, des haricots verts et des bettes. Avec nos remerciements à la région de la Hesbaye où les plantes tubéreuses sont reines. Le cheval Bayard de Termonde, monté par quatre enfants handicapés, les pêcheurs de crevettes à cheval d'Oostduinkerke, les géants liégeois Tchantchès, Nanesse et Charlemagne, les échassiers royaux de Merchtem, les blancs de poireaux de Tilff, la fanfare à vélo de Haneffe...

tous défilaient tandis que des imprimés voletaient autour d'eux, vantant le confort de nos hôtels.

Une légère vague d'hystérie traversa le centre-ville, finalement, finalement, le hurlement des masses se rapprochant, nous en avons déduit qu'Il était là. En effet, sur fond de chahut, apparut au détour d'une rue une silhouette divine, nu-pieds, toute de blanc vêtue, brillant comme du papier-photo, marchant avec indifférence dans les crottins que les chevaux des pêcheurs de crevettes venaient de laisser derrière eux. Mais il s'agissait d'un acteur du cercle théâtral La Fleur de Lin de Nieuwkerke, gagnant récent du prix du Landjuweel, dans le rôle de sa vie. Différents moments clés de la vie de Jésus furent représentés, comme pour rafraîchir notre connaissance du catéchisme par la pédagogie théâtrale médiévale, avant que Lui-même n'entre en scène. L'Annonciation, la crèche de Bethléem, les marchands chassés du Temple, la trahison de Judas, l'histoire de Barabbas, la crucifixion, tout le bataclan… Je trouvais que l'homme qui incarnait Joseph ne jouait pas si mal du tout. Le rôle de Ponce Pilate aussi était très bien joué. Un homme qui avait vraiment la tête de l'emploi. Mais ce n'était pas pour admirer du théâtre de rue ou des jeux automobiles que nous avions envahi cette ville. La patience commençait ci et là à s'épuiser. Les murmures, encore entre les dents, allaient croissant. Si ce n'est que l'on pouvait voir le roi dans sa tribune, serein, en train de se curer les dents d'un reste de saucisson Cochonou, le regard dénué de toute inquiétude, on ne serait pas resté à poireauter aussi longtemps.

De la seconde partie de la caravane, on peut dire qu'elle faisait de façon plus concrète le lien avec l'entrée annoncée de notre Hôte très souhaité. Un cortège de criminels, de dangereux criminels, des assassins sortis des prisons de Lantin, Hasselt et Merksplas, sans menottes, oui, sans même de bracelets électroniques, mais en pénitents, arpentait les pavés. Implorant l'humiliation publique des spectateurs perplexes, ils rampaient en demandant pardon. Nous avons reconnu un gangster de haut vol, un roi de l'évasion, un pédophile notoire, l'épouse jalouse qui, en castrant son mari adultère à l'aide d'un couteau à éplucher les pommes de terre, avait fourni pendant des semaines un sujet de conversation plaisant à la clientèle de nos salons de coiffure. Le peuple aurait-il voulu, dans toute sa force aveugle et stupide, se venger sur ces pécheurs, il aurait eu facile et leurs tripes auraient en un rien de temps jonché le sol. Mais que pouvait encore signifier notre colère, comparée au Jugement qui attendait ces brebis égarées? Le Juge Intègre était en chemin. Si ce n'est qu'Il était très probablement inodore comme le faon qui vient de naître, nous L'aurions déjà senti, tellement Il était proche.

Plus pathétique encore était le cortège des débiteurs et des fauteurs, dans le sillage des criminels officiels. Il s'agissait de pauvres bougres au casier judiciaire vierge, leurs vies suivaient des chemins juste un peu tordus, des bourgeois comme-il-faut : un banquier, vendeur de rêves qui poussa plus d'un à la faillite, un agent immobilier, un spéculateur en bourse, le patron d'une usine qui offrait à son personnel des salaires de misère pour un travail de bête de somme. Mais aussi une mère qui trouvait elle-même qu'elle négligeait ses enfants, un mari alcoolique qui avait la main légère mais dure, un quadragénaire qui couchait avec sa voisine, un garagiste qui savait à quels clients il pouvait ou non raconter des balivernes sur l'état de leur moteur… toute la panoplie des pécheurs dérisoires. J'ai vu mon voisin Antoine — oui, bien sûr, dire que je n'y avais pas pensé. J'ai vu Antoine — et c'était déplacé naturellement — excité comme un bambin, fier de reconnaître quelqu'un qui jouait un rôle en cet instant historique, j'ai crié son nom. Mais Antoine gardait les yeux fixés sur l'enfer. Humble. Quelques-uns se flagellaient le dos jusqu'au sang, d'autres se flanquaient des clous dans la peau. Non, tout ça n'était pas très ragoûtant. Et lorsque je vis par-dessus le marché une section de cette procession de pénitents lécher les dalles des trottoirs, les nettoyer de leur langue jusqu'à la faire saigner, j'en avais vraiment eu ma dose, de tout cet apitoiement sur soi mis en scène.

Quelqu'un avait deviné mes pensées, apparemment. Car en vérité il y eut une fin à cette désolation, et un

char rempli de jeunes idoles s'avança ensuite en caho-
tant sur les pavés. On ne pouvait imaginer contraste
plus criant. Une parade de sourires ouverts sur d'innombrables rangées de dents brossées au dentifrice Fluocaril,
des mains saluant gentiment, des gestes coquets, des
frimousses plastifiées, artificielles. Miss Belgique, Miss
Shopping Flanders, Miss Sports Belgium, la princesse
des Fraises, la reine du Raisin, la lauréate de la Plus Belle
Fermière de Flandre, la reine de l'Œuf, Miss Chocolat,
Miss Dendre, Miss Diamant et Miss Traction-Tracteur
(cette dernière était assise sur le tracteur qui tirait le char
rempli de toutes ses collègues, on avait vraiment réfléchi
au moindre détail!). Il existe des choses plus belles, des
gens plus beaux même, pour glorifier la splendeur de la
Création. Mais, quoi qu'il en fût, que tout cet étalage
itinérant de viande fraîche eût pu avoir un autre but me
semblait exclu.

Miss Asperge de l'année s'était réveillée trop tard et
essayait de rattraper le char en sautant à cloche-pied sur
un talon aiguille cassé. Et elle conquit de la sorte l'honneur de clôturer ce lever de rideau.

Ben oui, j'appelle ça aujourd'hui un « lever de rideau »…

Durant une demi-heure après le passage de la blonde
(évidemment) ambassadrice de la culture de l'asperge, il
ne se passa plus rien, plus rien à vivre ou à voir. Ensuite est
apparue en colonne l'unité motorisée de l'Escorte royale
et nous savions que ça devenait sérieux. Des gyrophares.

Des Mercedes. Des colosses aux poitrines blindées, en costume sur mesure, perlés de sueur, concentrés. Encore plus de Mercedes. C'est alors que la tension atteignit son comble. La chaleur n'arrangeait rien, et la longue attente immobile aura eu une influence tout aussi néfaste : plus d'un brave spectateur, ne pouvant surmonter sa nervosité, tomba soudain dans les pommes. À la grande joie bien dissimulée de l'assistance, car ça procurait un peu plus d'espace pour respirer de même qu'une meilleure vue sur les événements. Tout ce tintouin était causé par l'apparition de la petite Ohanna, habillée en communiante. C'est-à-dire comme mes parents étaient encore habillés au moment de leur communion solennelle. Si j'ai bien compris, c'est tout juste si les enfants, aujourd'hui, ne font pas leur profession de foi en jeans avachis glissant sur leurs reins. Je veux dire, les rares enfants qui voient encore de temps en temps l'intérieur d'une église. Les gardes du corps manquaient de mains pour protéger la fillette contre les pèlerins trop entreprenants. Ohanna *avait* un lien avec le Prophète, des éditorialistes inspirés n'avaient pas hésité à la décrire comme la toute première *apôtresse*, une auxiliaire du Seigneur et de Sa Parole. Oui, on n'en était pas à un archaïsme près. Toutes les fioritures étaient permises. Mais le statut d'Ohanna avait été tellement rehaussé qu'il avait semblé à certains qu'elle était sur le même pied que le Nazaréen. À la voir marcher là-bas, j'ai pensé, et je n'étais pas le seul, à une de ces Kumaris népalaises, ces filles de quatorze ans tout au plus en qui les hindous reconnaissent la réincarnation de leur déesse Durga. Elles sont vénérées et reçoivent en échange une existence de merde. Leur propre vie ne leur appartient plus, elle appartient aux masses. C'est ainsi qu'Ohanna voulait être touchée par des cohortes entières d'hystériques. Des photos de parents malades lui étaient présentées, pour être embrassées. Des blessures ouvertes et purulentes lui étaient servies, suffisait de toucher. On lui donnait des fleurs. Des prothèses aussi en remerciement pour une illusoire guérison miraculeuse. Quelqu'un voulut lui éponger le front de son mouchoir, un autre dévot lui laver les pieds, lui couper les ongles. Je le dis, les services d'ordre avaient les mains pleines. Il en avait coûté aux hommes de la sécurité de la sueur, du sang et des larmes pour amener Ohanna jusqu'à la tribune d'honneur. Mais ils y avaient réussi.

Elle prit place aux côtés de notre souverain.

Le silence tomba sur Bruxelles.

Il n'y avait à présent plus qu'une seule Personne Que nous attendions.

Station 14

En tant que collectivité, on aurait facilement pu réagir autrement. J'aurais trouvé de loin préférable, par exemple, qu'au moment précis de la prise de conscience, on éclate tous de rire. Un fou rire qui serait descendu sur tout le centre-ville, des heures d'affilée, fusant sans répit de centaines de milliers de gorges. J'en rêve encore parfois, de cette possibilité ratée, le soir de ce 21 juillet, à l'heure où il n'y avait plus rien à espérer, de se taper sur les cuisses, et de se rouler par terre en hurlant de rire par pur plaisir parce que nous nous étions fait couillonner dans les grandes largeurs. Le Christ n'était pas venu, alléluia, allô, un peu gênant de parler de surprise. Mais l'immense drôlerie avait néanmoins été que nous, toujours si pragmatiques, sceptiques, hyperréalistes archi-secs, n'avions vécu que pour Sa venue. Nous nous étions mutuellement contaminés par notre enthousiasme et préparés à un jour en lequel, au fin fond de notre âme, nous ne *pouvions* pas croire. La blague du siècle : nous avions collectivement espéré le salut, un salut qui devait venir de quelque part en dehors de nous.

Nous pisser dessus de rire, c'est ça et rien d'autre que nous aurions dû faire.

La blague du siècle, oui. Mais pour ça, il faut d'abord maîtriser le talent de l'autodérision et de la relativisation. C'est vrai, nous avions jadis possédé ces plaisantes valeurs et nous en avions été fiers. Mais personne ne peut aujourd'hui m'ôter de la caboche l'idée que nous, en tant que peuple, avions récemment perdu ces traits de caractère. Quoi qu'il en soit ; nous avions été entubés par un excellent gag et nous avions choisi la pire de toutes les solutions possibles : digérer sans humour notre défaite et retourner nous planquer derrière nos mornes façades.

Lorsque deux gendarmes ont agrippé par le bras la petite Ohanna, nous avons trop bien compris ce que ça signifiait : aujourd'hui ou demain elle serait assise dans un avion, malgré les promesses des autorités. Mais nous n'avons pas protesté. Nous avions remis nos masques mortuaires quotidiens, n'est-ce pas ? Et nous nous sommes réinstallés dans nos rôles d'indifférents qui nous allaient si bien.

C'était clair ; les bacs à fleurs furent partout rentrés par crainte des jeunes mains qui démangent, les façades se sont sans tarder parées de leur grisaille familière, nous retrouvions notre panorama d'antennes paraboliques, la peinture écaillée et la ferronnerie rouillée des petits balcons de béton pourri. Les visages que nous nous étions montrés les uns aux autres pendant ces trois petites semaines, nous les avons à nouveau dirigés vers le sol, comme si notre destination future était à chercher là et nulle part ailleurs.

Les bruits des klaxons impatients et râleurs et les sirènes étaient aussi de retour.

Dans un éclair, je vis l'agent avec la colossale tache de vin au visage et le fait que, malgré tout, les conditions de travail dans le corps de police ne soient pas remises en question semblait le consoler de justesse. Stressé, oui, il ne pouvait pas le cacher. Bruxelles avait vécu un moment dans un agréable mensonge, mais un mensonge quand même, et reprenait le fil de la réalité. On n'aurait pas pu l'illustrer de façon plus nette que par les bagarres — certains diraient classiques — provoquées dans la rue de Ribaucourt par des garçons qui en étaient à leur première moustache. Ils avaient l'ingéniosité d'esprit de légitimer leur crapuleuse délinquance par un sentiment de discrimination ; ils pensaient à nouveau devoir animer le vide de leurs vies par le bruit de vitrines volant en éclats. Le bus 75 au quartier Bizet fut détruit, pour le plaisir de détruire, et ce n'était pas la première fois, et certainement pas la dernière. Sur la ligne 46, un chauffeur de bus fut extrait de sa cabine et sa figure fut « corrigée » à la batte de base-ball. Simplement parce que le malheureux chauffeur avait osé demander à un voyageur son billet. Nous savions comment se déroulait ce genre de conversation.

«Quoi? Mon billet? J'ai peut-être l'air d'un resquilleur, c'est ça? C'est ça que tu veux me dire? Que d'après vos normes de bienséance je fais tache, que je me fiche des règles et que je voyage gratos. Vous m'aviez déjà jugé avant que je monte dans votre foutu bus…»

S'il avait pu épargner quelque peu ses cordes vocales ces derniers temps, le porte-parole du parquet de Bruxelles allait bientôt être à nouveau en mal de salive.

Naturellement, tout le monde aujourd'hui nie avoir jamais attaché le moindre petit brin de valeur au communiqué annonçant cette miraculeuse entrée du Christ. «Le Christ à Bruxelles? Et Toutankhamon à Anvers, sans doute?» Vous savez bien; on n'était que quelques centaines de milliers ensemble au centre-ville à attendre l'arrivée d'une bulle d'air pour le plaisir d'attendre, le non-événement en soi, un truc presque agréable. Et pourtant vous devez me croire quand je dis que je n'ai jamais eu de foi en Dieu à perdre. Je ne peux donc pas non plus prétendre que l'annulation de Sa venue m'ait anéanti. Si je m'étais mis à croire à quelque chose durant ces jours-là, c'est qu'il était finalement possible d'habiter un endroit où les gens se regardent au moins dans les yeux lorsque leurs chemins se croisent. Où l'on n'était pas obligé d'être une vomissure d'égoïste si l'on souhaitait prendre possession d'un siège dans le tram. Où l'on ne passait pas devant un mendiant comme si c'était un parcmètre. Que nos courtes et simples petites existences, des uns et des autres, avaient pu signifier un moment de présence mutuelle. Ce qui était le plus douloureux : me rendre compte que moi-même, sur ce plan humain surtout, je m'étais jeté de la poudre aux yeux.

Véronique n'avait plus ouvert la bouche depuis un bon moment tandis que nous rentrions à la maison ce soir-là, mais j'avais cru sentir que sa fameuse petite humeur se préparait. Indubitablement, elle me reprochait personnellement d'être restés à Bruxelles cet été. Bientôt ses vacances allaient s'achever et elle n'aurait pas eu la moindre occasion de recharger ses batteries. Fallait attendre la prochaine dispute, provoquée sans doute par une bagatelle, pour qu'elle m'envoie tout ça à la figure. C'était mon idée stupide de ne pas partir en vacances. Mon idée de nous lier à des voisins assassins. Mon idée et non la sienne de réserver nos rares jours de congé à un événement soi-disant transcendant et de le partager avec la foule, de se fondre dans ce « nous » des asociaux réunis.

Nous avions pris le tram — un tram bondé, car chacun avait conçu le plan de quitter immédiatement le centre de la capitale — et c'est une des dernières choses que Véronique et moi allions faire en tant que couple. Nous le savions. Nous le sentions. Ça flottait depuis des mois dans l'air.

Les gueules des navetteurs étaient les mêmes que celles que l'on pouvait rencontrer n'importe quel jour de février.

Ou novembre. Un jour de pluie en tout cas. Comme si nous portions tous sur les épaules la énième semaine de travail insipide et que la venue du week-end ne pouvait nous promettre une quelconque joie. Ou comme si nous ne portions pas sur les épaules une journée de travail, pour la bonne raison que nous n'avions pas réussi à trouver du boulot. Les voyageurs se cramponnaient à leurs sacs, regardaient dehors, ou leur image dans les vitres. Certains prenaient l'échappatoire familière du téléphone pour fuir cette désolation et envoyaient des petits textos relativement drôles qui seraient peut-être lus dans un autre tram, dans une même désolation.

« Il faut s'oublier pour révéler sa vraie beauté », a dit brusquement une jeune femme, à haute voix, relevant les yeux de son livre dont je ne parvenais pas hélas à lire le titre. Elle secouait tous ces beaux mots dans sa tête, comme une boule remplie de neige qu'elle regardait ensuite se déposer lentement. Je crois que j'étais jaloux d'elle, parce que tout comme les autres j'avais perdu le courage de dire à haute voix quelque chose de beau. Tous les nez étaient pointés vers elle, mais pas ouvertement, clandestinement, en douce, l'air désapprobateur. Certains faisaient usage de leur coiffure comme les commères des hameaux campagnards font usage des rideaux. Mais les mots de la jeune femme n'avaient pas encore fini de tomber en virevoltant qu'elle fut abordée (quelqu'un qui est abordé !) par un personnage antipathique, un pisse-vinaigre, à qui je n'accorde pas l'honneur d'être plus lon-

guement décrit ici — il avait beau être suffisamment laid pour me faciliter la tâche —, qui grommela : « Je ne sais pas si t'es au courant, mais on est ici à Bruxelles, ma fille ; ici on parle flamand ! »

Elle est descendue aux Étangs-Noirs, la station de métro qui porte un des plus beaux noms, et j'aime croire que c'était la seule raison pour laquelle elle quittait à cet endroit le véhicule. Les Étangs-Noirs, où l'escalator était fichu depuis des mois et où l'on devait rappeler aux grincheux la possibilité de soulever eux-mêmes leurs pieds. Je l'ai suivie, en pensée uniquement. Trop lâche pour vivre. Trop trouillard pour être mon propre dieu, le dieu de toutes mes heures.

Pilate répondit : ce que j'ai écrit est écrit.

JEAN, 19 (22)

Composition Ütibi.
Achevé d'imprimer
par la Nouvelle Imprimerie Laballery
à Clamecy en janvier 2013
Dépôt légal : janvier 2013
Numéro d'imprimeur : 301051

ISBN : 978-2-07-11374-5 / Imprimé en France

244157